OETINGER TASCHENBUCH

Aygen-Sibel Çelik wurde 1969 in Istanbul geboren und zog in ihrem zweiten Lebensjahr mit ihrer Familie nach Frankfurt am Main. Nach dem Studium der Kinder- und Jugendbuchforschung übte Aygen-Sibel Çelik verschiedene Tätigkeiten im pädagogischen und journalistischen Bereich aus und schrieb Artikel und Rezensionen über die Darstellung des Fremden in der Kinder- und Jugendliteratur. Inzwischen ist sie selbst eine erfolgreiche Kinder- und Jugendbuchautorin und lebt und arbeitet in Düsseldorf.

Popa.

Aygen-Sibel Çelik

YAKAMOZ

EINE LIEBE IN ISTANBUL

Oetinger Taschenbuch

Für dieses Buch erhielt die Autorin ein Arbeitsstipendium
des Landes Nordrhein-Westfalen für das Jahr 2013.

Für Talia Eda und Nîk Noyan

MIX
Papier aus verantwortungsvollen Quellen
FSC® C014496

Das für dieses Buch verwendete FSC®-zertifizierte
Papier Danube liefert Salzer Papier, St. Pölten, Austria.
Der FSC® ist eine nicht staatliche, gemeinnützige Organisation,
die sich für eine ökologische und sozialverantwortliche
Nutzung unserer Wälder einsetzt.

1. Auflage 2014
Originalausgabe

Umschlaggestaltung: Hauptmann & Kompanie, Zürich
Druck: GGP Media GmbH, Pößneck
ISBN 978-3-8415-0255-1

www.oetinger-taschenbuch.de

Unsere Sache ist es, den Funken des Lichts
festzuhalten, der aus dem Leben überall da
hervorbricht, wo die Ewigkeit die Zeit berührt.

FRIEDRICH SCHILLER

Kapitel 1

Der Mond leuchtete an jenem Abend so hell, dass er mich vom Schreibtisch ans Fenster lockte. Ich konnte mich seit Stunden nicht konzentrieren. Die anstehende Mathearbeit bedrückte mich zwar, aber sie war gar nicht das Problem; ich war mit meinen Gedanken und Gefühlen ganz woanders.

Es war Vollmond, und ich hatte noch nie bemerkt, dass das Dach der Töpferwerkstatt am Ende des Hofs, hinten auf der anderen Straßenseite, aus Glas war. Bis dahin war mir der Mond auch noch nie so groß erschienen. Er spiegelte sich im Glasdach. Es war, als stünde ich nach einem heißen Sommertag am Strand und betrachtete das funkelnde Wellenspiel im Mondschein. Istanbul!

İstanbul'u dinliyorum gözlerim kapalı.

Die Melodie riss mich aus meinen Gedanken. Warum ausgerechnet jetzt? Ich durchwühlte den Mathestapel nach meinem Handy. Das war seine Melodie!

Meine Augen geschlossen, lausche ich Istanbul.

Auf dem Display leuchtete unser Bild. Yaren, meine Cousine, hatte das Foto geschossen und es mir geschickt. Seit zweieinhalb Wochen hatte ich nichts mehr von ihm gehört, und nun …

Slm, Tuana. Ya, senin şu okulun bu sene tatile girmeyecek mi hiç?

Ich las die WhatsApp-Nachricht bestimmt dreißig Mal durch und drückte jedes Mal das Smartphone auf mein klopfendes Herz. Wir hatten gleichzeitig aneinander gedacht! Ich hoffte so sehr, dass er dasselbe für mich empfand wie ich für ihn.

Ich musste ihm antworten, aber ich wusste nicht, was und wie. *Yaren!*, schoss es mir durch den Kopf. Meine Cousine war dabei gewesen, als ich ihn in Istanbul kennengelernt hatte. Sie hätte ich fragen können, aber seit ich wieder in Essen war, hatten wir nur einmal kurz gechattet. Danach hatte sie nicht mehr auf meine Nachrichten geantwortet. Vielleicht hatte sie viel zu tun? Ich wusste es nicht, verstand es auch nicht. Sie hätte ja nur mal kurz Hallo sagen können.

Ich sah auf die Uhr. Viertel vor zehn war es inzwischen. Vielleicht konnte ich meine beste Freundin Jule anrufen. Sie stand mir immer mit Rat und Tat zur Seite, in allen Lebenslagen und zu jeder Zeit. Auf sie konnte ich mich verlassen. Bevor ich sie anrief, las ich seine Worte noch einmal.

»Selam Tuana!«, schrieb er. Ich stellte mir seine grünbraunen Augen vor, wie sie mich ansahen, wie sich seine feinen Lachfältchen bewegten, während seine Lippen meinen Namen aussprachen. Als ich mich ihm vorgestellt hatte, im letzten Winter, hatte er mich lange angesehen, und seine Augen hatten dabei gelächelt. »Tuana. Er steht dir, dein Name!«

Während es bei Jule läutete, fuhr ich meinen PC hoch. Wann genau würden unsere Sommerferien sein? Ich hatte mich nicht weiter darum gekümmert, wusste nur, dass sie irgendwann im Juli waren. Nachdem meine Eltern entschieden hatten, dass wir dieses Jahr im Urlaub nicht in die Türkei fahren würden, hatte ich jede Hoffnung aufgegeben, ihn wiederzusehen.

Wir waren zuletzt in den Winterferien in Istanbul gewesen, außerplanmäßig, weil es meiner Oma nicht so gut gegangen war. Aber zum Glück hatte sie sich von ihrem Schwächeanfall schnell erholt, und es war keine Herzattacke, wie anfangs befürchtet wurde. Leider bedeutete das aber auch, dass wir nicht sehr lange blieben in der Stadt, in der er mir begegnet ist. Er war plötzlich da, als meine Cousine mir ihre Schule zeigen wollte. Er stand am Eingang und schien auf jemanden zu warten. Yaren kannte ihn gar nicht und wusste leider nichts von ihm, nicht einmal, ob er auf ihrer Schule war.

»Hallo? Tuana?«

»Hi, Jule! Stör ich? Sorry, aber ER hat geschrieben, und ich …«

»Echt? Cool!«

Ich versuchte, seine Nachricht so genau wie möglich zu übersetzen:

Hallo, Tuana, sag mal, wirst du dieses Jahr denn gar keine Ferien mehr haben, oder was?

Es war schwer, den Ton zu treffen, es klang irgendwie leidend und gleichzeitig auch lustig. Ich zögerte, dachte nach und wollte es immer noch besser, noch passender formulieren. Aber Jule unterbrach mich.

»Hey!«, rief sie. »Egal, wie du's übersetzt, er will dich wiedersehen!«

Ich seufzte. »Meinst du? Also, vielleicht will er ja … weiß nicht … vielleicht, dass ich ihm etwas mitbringe oder …«

»Hey, Tuana. Hör auf. Du musst da hin.«

Jule hatte gut reden. Wie sollte ich das denn machen? Meine Eltern hatten einen Urlaub völlig ausgeschlossen. Aber Jule meinte, dass ich noch viel Zeit hätte, darüber nachzudenken, wie es doch noch klappen könnte. Ich sollte ihm aber schon mal schreiben, wann ich Ferien hätte. »Damit er die Hoffnung nicht verliert und am Ball bleibt«, wie Jule sagte.

22. Juli bis 3. September. Wow! Das klang gut, was die Internetseite mit den Ferienterminen für den Sommer versprach. Jule hatte mir noch mindestens fünfzehn Mal gesagt, sie sei sich ganz, ganz sicher. Seine Nachricht sei nur so zu deuten, dass er mich sehen will.

Also fasste ich mir ein Herz und wusste gleichzeitig: Es würde eine schlaflose Nacht für mich werden.

Slm, Noyan. Tatilim var, tabii. Yaz tatili 22 Temmuz'dan
3 Eylül'e kadar. Neden sordun? ;-)

Sollte ich es wirklich so schreiben? Ich formulierte hin und her, schlug jedes Wort immer wieder im Onlinewörterbuch nach. Mein Türkisch war zwar ganz okay, aber mir war klar, dass ich bestimmt Fehler machte. Ich selbst merkte den Unterschied zwar nicht so, aber ich wusste, dass meine Sätze irgendwie nicht richtig oder zumindest komisch klangen. Jedenfalls wussten in der Türkei immer alle sofort, dass ich aus Deutschland kam.

Um zwei Uhr nachts war ich endlich so weit. »Warum fragst du?« Ich musste diesen Satz einfach schreiben. Im letzten Moment löschte ich noch das zwinkernde Smiley. So offen zu flirten war mir dann doch peinlich. Da war es mir lieber, wenn es wie eine naive, ahnungslose Frage klang, was natürlich auch nicht berauschend für mein Image war. Aber leider lief es schief …

SEND. Ich drückte die Taste, hielt mir die Augen zu, ließ mich rückwärts auf mein Bett fallen und strampelte mit den Beinen. Uah! Ich hatte es getan. Was würde jetzt als Antwort kommen? Ich richtete mich auf, las noch einmal durch, was ich geschrieben hatte.

Ja, klar habe ich Ferien. Sie sind vom 22. Juli bis zum 3. September. Warum fragst du? ;-)

Hilfe! Nein, nein, nein! Das Smiley war nicht gelöscht. Ich hätte mich ohrfeigen können. Mein Smartphone spann manchmal. Warum hatte ich den Satz vor dem Absenden nicht noch einmal gelesen?

Wie klang das denn? *Warum fragst du? Zwinker, zwinker!* Wie peinlich! Das klang lächerlich, arrogant. So, als wollte ich sagen: »Hey, komm schon, ich weiß, dass du etwas von mir willst.« Dabei wusste ich das überhaupt nicht. Ich hatte mich noch nie so unsicher gefühlt. Deswegen fragte ich ja. Dazu kam noch, dass er bestimmt wusste, dass ich seine Nachricht vor Stunden bekommen und so lange für eine Antwort gebraucht hatte. Man konnte bei WhatsApp sehen, wann man zuletzt online gewesen war. Nun dachte er bestimmt, dass ich das Smiley ganz bewusst an die Stelle gesetzt hatte.

Ich würde sterben, bis eine Reaktion von ihm kam. Aber es blieb mir nichts anderes übrig, als zu warten. Grübeln half rein gar nichts, und trotzdem, ich konnte nicht damit aufhören. Was würde er jetzt von mir denken? Ich versuchte, mich mit dem Gedanken zu trösten, dass auch er immer wieder online gewesen war. Er hatte also immer wieder nachgesehen, ob ich geantwortet hatte. Na ja, ich hoffte jedenfalls, dass es so war. Vielleicht hatte er aber auch mit jemand anderem gechattet. Ich legte mich in mein Bett und zog mir die Decke über den Kopf. Dieser Gedanke gefiel mir gar nicht.

Ich schaute noch einmal nach – »zul. online heute um 01:15«. Okay, in Istanbul war es eine Stunde später, also schon drei Uhr. Ich zwang mich, an etwas anderes zu denken. Die Mathearbeit morgen würde ich verhauen. Das war klar. Ich hatte kaum gelernt. Sollte ich mich noch einmal hinsetzen und üben, zumindest bis er sich wieder meldete? Ich versuchte, mich aufzuraffen, aber es war unmöglich. Also beschloss ich, einfach die Augen zu schließen. Ich musste wenigstens etwas Schlaf bekommen.

Doch auch das ging nicht. Ich grübelte immer weiter. Was ist, wenn er sich nicht meldet? Dann würde ich es mir nie verzeihen, dass ich meine Nachricht vor dem Absenden nicht überprüft hatte. Ich würde mich wahrscheinlich niemals in einen anderen Jungen verlieben können. Ach, könnte ich doch mit Yaren reden. Sie hätte mir sagen können, wie Jungs in der Türkei ticken. Ich war richtig wütend auf sie. Warum ließ sie mich so hängen?

Ich starrte auf mein Smartphone. »Bitte, bitte«, flüsterte ich. »Melde dich bald.«

Und dann wurde ich so müde, dass ich in einen seltsamen Zustand verfiel. Ich war wie in Trance, nicht wach, aber ich habe auch nicht richtig geschlafen. Die ganze Nacht über griff ich in einem eigenartigen Halbschlafzustand nach meinem Smartphone. Nichts. Immer wieder nichts. Keine Nachricht von ihm. Er war nicht mal mehr online gewesen. Er schlief bestimmt tief und fest.

Irgendwann muss ich dann wohl doch richtig eingeschlafen sein. Ich war total weg.

Als meine Mutter das erste Mal an die Tür klopfte, sah ich, dass ich nicht einmal meinen Wecker gehört hatte. »Tuana, wach endlich auf, mein Schatz, du kommst sonst zu spät!«

Meine Mutter versuchte immer wieder, mich zu wecken.

»Sie hat bestimmt wieder die halbe Nacht gearbeitet«, hörte ich sie noch zu meinem Vater sagen, während ich die Decke über meinen Kopf zog. Jetzt klopfte mein Vater an meine Tür. »Tuana, komm schon, wach auf, ich fahr dich auch zur Schule.«

Ich konnte meine Augen nicht öffnen, aber ich griff gleich nach meinem Handy.

Bekliyorum seni.

Aus einem schmalen, verschlafenen Spalt las ich seine Worte. Er hatte geschrieben, und ich hatte es nicht mitbekommen. Irgendwann um 5:55 Uhr musste seine Melodie ertönt sein. Ich sprang auf, musste mich aber gleich wieder setzen. Mein Verstand war noch nicht richtig wach, dafür aber mein Herz. Es pochte heftig, und mir wurde auf einmal schwummrig. Ich rieb mir die Augen, las noch einmal.

Ich warte auf dich.

Mein Vater klopfte schon wieder. »Tuana!«

»Ja!«, rief ich und sah in Noyans Augen. Sie lächelten mir von dem Foto in meinem Smartphone zu. »Ja, ich komme!«

Yakamoz 1

28.12.

Als ich dich zum ersten Mal sah, wollte ich fliehen. Mein Körper wehrte sich gegen den süßen Schmerz, der mich mitten ins Herz traf. Doch ich blieb stehen und sah zu, wie sich mein Leben vor meinen Augen abspulte. Ich starb. Mein altes Sein wurde ausgelöscht, und ich sah auf das neue Leben, das vor mir lag, ausgebreitet wie ein Ozean. Stürme drohten mich hinwegzuwehen, ich hielt stand, um in deine Augen zu tauchen. Yakamoz – ihr Strahlen so hell und geheimnisvoll wie das Meeresleuchten. Ich brannte mit der Sucht, dir zu folgen, auf ewig, aber du bist einfach davongeflogen wie eine wilde Möwe, weit, weit fort über fremde Länder hinweg.

12.1.

Meine Worte schmerzen mich. Sie sind umsonst. Sie sind wertlos, denn sie bewirken kein Wiedersehen, nichts. Wie ein rastloser Derwisch suche ich nach dir seit jenem Tag und finde dich doch nur in meinen Träumen. Ein freudloser Dichter, ein ungeschickter Komponist bin ich im Angesicht meiner Sehnsucht.

24.1.

Ich beschließe nun, nicht mehr zu schreiben. Kein Tag ohne dich ist es wert, hier festgehalten zu werden.

Kapitel 2

Seit seiner letzten Nachricht hatte ich das Gefühl, als flöge ich durch mein Leben. Alles zog an mir vorbei, wie Wildgänse im Herbst. Sie fliegen auf und davon, und man kann nichts anderes tun, als staunend zuzusehen. So sah ich zu, wie ich meine allererste Vier kassierte, in Mathe, wie ich zum ersten Mal wegen Träumerei im Unterricht ermahnt wurde und wie ich mich immer weiter zurückzog, immer seltener etwas mit meinen Freunden unternahm. Und es berührte mich kaum. Selbst das nasskalte, graue Wetter machte mir nichts aus. Ich war wie in Trance, hatte nur einen Gedanken, nur einen Traum, nur ein Ziel. Sommer, Istanbul, Noyan!

Yaren Etem
zul. online gestern um 22:22

◇◇

Yaren'cim, nasılsın? Uzun zamandır cevap gelmedi senden. Herşey yolunda mı? Nasıl gidiyor? Kızgın mısın bana yoksa? Çok merak ediyorum, Noyan'ı gördün mü hiç? ;-)

Liebe Yaren, wie geht's dir? Habe lange schon keine Antwort mehr von dir bekommen. Ist alles okay? Wie läuft's denn so? Bist du etwa sauer auf mich? Ich bin so neugierig: Hast du Noyan eigentlich mal wieder gesehen? ;-)

Das Seltsame an der Sache mit Noyan und mir war, dass ich gar nicht wusste, was da eigentlich war. Wir hatten uns nur zweimal gesehen. Das erste Mal an jenem Tag vor Yarens Schule. Ein Blick, ein Lächeln, und ich war unsterblich verliebt. – Und ein paar Tage später in einem Café in Eminönü. Ich wusste nicht, warum wir uns dort wiedergesehen hatten. Sich in einer riesigen Metropole wie Istanbul in kurzer Zeit zweimal hintereinander zufällig zu begegnen, das war mehr als ein Wunder.

Yaren, so cool und rational, wie sie nun mal war, meinte, dass er uns bestimmt gefolgt wäre. Und wenn er auf ihre Schule ging oder Leute dort kannte, wäre es sicher leicht für ihn gewesen, herauszufinden, wo sie wohnte. Und da er wusste, dass wir verwandt waren, und ich ein paar Nächte bei Yaren übernachtet hatte, hätte er mich ganz leicht gefunden. Er hatte jedenfalls so getan, als sei es Zufall gewesen, dass wir uns trafen, und er hatte sich zu uns gesetzt. Yaren war dann unter dem Vorwand, sie müsste telefonieren, rausgegangen und hatte sich nicht mehr blicken lassen, bis ich sie anrief, als Noyan gehen musste.

Und das war's auch schon. Viel mehr gab es nicht zu erzählen über ihn und mich. Zwei Tage später waren wir zurück nach Essen geflogen. Wir hatten uns einfach so verabschiedet, ohne ein Wort über uns zu verlieren. Ohne eine Vereinbarung, ohne ein Versprechen. Nichts. Nur unsere

Handynummern hatten wir ausgetauscht. Danach hatte ich nur ein paar SMS und ein paar WhatsApp-Nachrichten von ihm erhalten. Und immer hatte ich danach stundenlang mit Jule telefoniert und herumgerätselt, was sie bedeuteten.

Seit er zum ersten Mal etwas Eindeutiges geschrieben hatte, musste ich herausfinden, was das zwischen uns war und ob mehr daraus werden konnte.

»Noyan und Tuana«, schrieb ich auf mein Deutschheft und malte ein dickes Herz drum herum. Ich hatte mich entschieden, ich würde zu ihm fliegen. Es musste klappen, es musste einfach. Er wartete auf mich, er wollte mich wiedersehen. Was hielt mich dann noch hier?

Yaren Etem

zul. online heute um 10:18

◇◇

Yaren'cim, slm! İyi misin? Seni çok özledim! Belki işlerin çok, arayamıyorsun, ama mutlaka anlatmam gereken yeniliklerim var. Çaldırırsan, ben seni ararım, kısa da olsa konuşuruz. Halama selam söyle! Öptüm

Hi, liebe Yaren! Geht's dir gut? Hab dich total vermisst. Vielleicht hast du viel zu tun, kannst dich nicht melden, aber ich habe Neuigkeiten, die ich dir unbedingt erzählen muss. Lass es einfach klingeln bei mir, dann rufe ich dich zurück, und wir reden, wenn auch nur kurz. Grüß Tante von mir! Küsschen

Nach etlichen Telefonaten und Diskussionen, nach unendlichem Grübeln hatten Jule und ich endlich eine Idee. Der Plan war einfach, aber sein Gelingen hing allein von meinem Geschick und meiner Geduld ab. Und das machte das Ganze ganz schön verzwickt. Was wäre, wenn ich mich dumm anstellte oder meine Eltern nicht mitmachten, sich anders verhielten, als ich es erwartete? Was würde passieren, wenn etwas Unvorhergesehenes geschah?

Der Plan war, das Thema Türkei unauffällig in unseren Alltag zu bringen, sooft es ging. Meine Eltern mussten mir abnehmen, dass ich mich wirklich dafür interessierte. Bisher hatte ich mich zwar jedes Jahr auf den Urlaub dort gefreut, aber immer, wenn mein Vater das Thema »Zurückkehren« ansprach, reagierte ich panisch. »Nie und nimmer, Papa! Ich gehe hier niemals weg. Hier ist mein Zuhause!«

Auch wenn meine Eltern selbst in Deutschland aufgewachsen waren, hatten sie mehr von der Türkei mitbekommen als ich. »Für euch mag das anders sein«, sagte ich immer. »Aber ich weiß nicht viel über die Türkei, und außer unseren Verwandten kenne ich dort niemanden!« Einmal musste ich sogar richtig weinen. Allmählich hatte mein Vater dann aufgehört, davon zu sprechen.

Ich war inzwischen ziemlich sicher, dass auch meine Eltern nie für immer in die Türkei auswandern würden. »Es war nur eine Option für uns, eine Sehnsucht nach einem Neuanfang.« Das hatte meine Mutter mal gesagt, als sie mich beruhigen wollte. Damals dachte ich, sie sagt das nur so, um mich zu trösten.

Und nun, nun musste ich das Ganze wieder umkehren. Immerhin, dachte ich, immerhin habe ich es geschafft, sie von dem Gedanken, in der Türkei zu leben, abzubringen, da muss es mir doch auch gelingen, sie davon zu überzeugen, dass es gut für mich ist, meine Sommerferien dort zu verbringen, ohne sie. Und wer weiß schon, wie ich denken würde, wenn ich erst mal mit Noyan zusammen wäre. Vielleicht würde ich für immer dort bleiben wollen, bei ihm?

Ich weiß noch genau, dass an dem Tag, an dem ich den Entschluss gefasst hatte, meinen Plan durchzuführen, abends auf Arte eine Reportage über die Musik in Istanbul lief. Sonst bettelte ich oft, umschalten zu dürfen, wenn meine Eltern etwas auf Arte gucken wollten. Aber an jenem Abend konnte ich es nicht erwarten, bis es 21 Uhr war. Ich drehte die Heizung auf, damit es kuschelig warm wurde. Es war zwar schon Ende Februar, aber draußen lag immer noch Schnee. Ich zündete alle Kerzen im Wohnzimmer an und kochte Tee, den ich meinen Eltern in kleinen türkischen Teegläsern servierte. Es wurden verschiedene Musiker und Sänger gezeigt, verschiedene Musikrichtungen vorgestellt. Von Arabeske über Volksmusik bis hin zu klassischer Musik und Pop. Ich wunderte mich, dass meine Eltern fast alle Sänger und Lieder kannten.

»Efkârlıyım, efkârlıyım, elini ver, nerde elin?« Meine Mutter sang mit. Ihre Stimme vibrierte gerührt, brach ihr sogar einmal weg. »Ich bin bedrückt, so bedrückt. Reich mir deine Hand, wo ist sie?« So oder so ähnlich sang der Mann mit der tiefen, weichen Stimme. Ich glaube, meine Mutter wischte sich auch eine Träne weg. Mein Vater hatte ganz große, glasige Augen.

Meine Eltern verfielen fast immer in diese Gemütslage, wenn sie türkische Musik hörten oder Fotos und Filme aus Istanbul sahen. Manchmal nervte mich das. Ich konnte das nicht so wirklich nachvollziehen. Okay, ich dachte auch manchmal, dass ich gern öfter in der Türkei wäre, auch abgesehen von Noyan, nur wurde ich dabei nicht so seltsam melancholisch wie meine Eltern. Aber das war jetzt genau richtig für mein Vorhaben.

»Erzählt doch noch mal davon, wie ihr euch in der Türkei kennengelernt habt«, sagte ich, nachdem die Reportage zu Ende war und meine Eltern beim Abspann darüber diskutierten, welche wichtigen Künstler gefehlt hatten. Mein Vater sah zu meiner Mutter, sie sah zu ihm, beide lächelten, schwiegen aber.

»Bitteeee!«, bettelte ich, weil ich fürchtete, dass sie vielleicht keine Lust hatten.

»Ach, ach ...«, sagte meine Mutter schließlich und warf ihre schulterlangen, kastanienbraun glänzenden Haare nach hinten. »Das waren Zeiten!«

Mein Vater lächelte, und seine Lachfalten um die Augen, die ich so sehr liebte, traten noch deutlicher hervor. »Wie jung wir waren, unglaublich, wie die Zeit vergeht.«

Sie schwelgten in ihrer Jugend, erzählten, wie das Schicksal sie zusammengeführt hatte.

Beide waren in unterschiedlichen Städten in Deutschland

aufgewachsen. Als sie fünfzehn und siebzehn Jahre alt waren, kehrten sie mit ihren Eltern nach Istanbul zurück und kamen zufällig in dieselbe Schule. Mein Vater hatte sich gleich in meine Mutter verliebt, doch sie wollte zuerst nichts von ihm wissen. Meine Mutter war sehr hübsch, aber wenn ich an die Fotos aus den Achtzigerjahren, an ihre Frisur und ihre Kleidung dachte, fiel es mir schwer, mir ihre Geschichte so romantisch vorzustellen.

»Du hast es mir ganz schön schwer gemacht«, pflegte mein Vater an dieser Stelle immer zu sagen.

»Ich war doch erst fünfzehn, noch ein Kind, wusste gar nicht, was ich will.« Meine Mutter verteidigte sich immer auf die gleiche Weise. »Und dann, als ich mich in dich verliebt habe, warst du auf einmal weg.«

Mein Vater musste nach der Schule erst mal seinen Militärdienst machen. Ein Foto aus dieser Zeit hing bei meinen Eltern im Schlafzimmer. Mein Vater in Uniform, den Kragen hochgestellt, blickte supercool in die Kamera. Er sah noch besser aus als James Dean. Erst nach drei Jahren sind sich meine Eltern wiederbegegnet, zufällig auf der Fähre von Kadıköy nach Eminönü.

Zum Glück hatte es zwischen den beiden gleich wieder gefunkt, denn sonst gäbe es mich heute gar nicht.

Ich lauschte meinen Eltern, fragte ständig etwas nach und freute mich, dass sie heute immer noch so verliebt waren.

»Erinnerst du dich, wie wir uns in der Kneipe unter der alten Galata-Brücke trafen und Fischbrote aßen?«, fragte mein Vater.

»Ja, natürlich!« Meine Mutter saß inzwischen neben meinem Vater auf der Couch und schmiegte sich an ihn. Sie sahen beide auf einmal noch viel jünger aus, als sie ohnehin schon wirkten mit ihren vierundvierzig und sechsundvierzig Jahren, wie zwei frisch verliebte Teenies.

»Und weißt du noch, wie wir uns auf der Fähre verloren haben, als der Sturm aufkam und alle nach drinnen stürzten?« Verträumt hefteten sich bei dieser Frage die braunen Augen meiner Mutter auf einen Punkt an der Wand gegenüber, als würde die Szene dort auf eine Leinwand projiziert.

»Ja, ich habe dich dann an der Theke gefunden und dich ganz festgehalten und dich zum ersten Mal geküsst«, sagte mein Vater und versteckte sein Gesicht im Haar meiner Mutter.

»Nein!« Sie wandte sich ihm zu. »Das war doch viel früher schon, im Yıldız Parkı unter dem Magnolienbaum.«

»Schön!«, sagte ich. Doch dieses Mal war es anders. Sie erzählten viel mehr als sonst. Vielleicht lag es an der Musik eben, die sie noch mehr in Stimmung brachte? Diesmal fand ich es nicht nur schön, sondern ich träumte davon, dass ich mit Noyan vielleicht bald auch so etwas erleben würde. Yıldız Parkı, den Park der Sterne, den würde ich mir merken. Ich lächelte in mich hinein. Ich musste alles zum Anlass nehmen, um noch länger beim Thema zu bleiben. Deswegen fragte ich auch gleich, wo der Park liegt, und erfuhr, dass er eine der größten Grünanlagen von Istanbul ist, im Stadtteil Beşiktaş.

»Da gehen Verliebte immer hin«, sagte meine Mutter. »Wie wir damals.« Sie lag jetzt auf der Couch, den Kopf auf dem Schoß meines Vaters, die Beine auf der Lehne. Ich stellte mir vor, wie Noyan und ich Hand in Hand unter großen, alten und seltenen Bäumen durch den Park des Sultans spazieren würden. Wie einst meine Eltern. Ich würde alles dafür tun, dass dies bald wahr werden würde.

In dem Augenblick meldete sich mein Smartphone.

»Meine Augen geschlossen, lausche ich Istanbul ...«, rief meine Mutter. »Wie schön! Wo hast du den Klingelton denn her, und woher kennst du das Lied?«

Ich öffnete meinen Mund, ohne zu wissen, was ich sagen sollte. Noyan, Noyan, Noyan, kreiste es in meinem Kopf. »Das Lied basiert auf einem alten Gedicht von Orhan Veli«, sagte meine Mutter, so als würde sie gleich ein kleines Referat über den türkischen Dichter halten.

Das wollte ich jetzt aber wirklich nicht hören, ich wollte nachsehen, was Noyan mir geschrieben hatte.

»İstanbul'u dinliyorum, gözlerim kapalı. Önce hafiften bir rüzgâr esiyor. Yavaş, yavaş sallanıyor yapraklar ...« Mein Vater begann zu singen. Seine schöne, tiefe Stimme zog die Aufmerksamkeit meiner Mutter wieder auf sich. Zum Glück waren sie bald wieder ineinander vertieft, sodass ich einen Blick auf mein Handy wagen konnte.

Söyle, ne zaman kavuşacağım sana?

Ich wäre beinahe vom Stuhl gefallen. Noyan! Dieser Satz, so poetisch, so reif. Ich fühlte mich erwachsen. Ich hatte das Gefühl, zu schweben, auf und davon.

Sag, wann werde ich dich erreichen?

Wieder ein Satz, der schwer zu übersetzen war. Nach dieser Nachricht beschloss ich, meine Eltern allein zu lassen, und flitzte in mein Zimmer, um von Noyan zu träumen und zu überlegen, was ich ihm auf diese Nachricht antworten könnte.

Von jenem Abend an schnitt ich zu jeder Gelegenheit das Thema Türkei an. Nach dieser letzten Nachricht von Noyan war ich selbstbewusster, traute mich, ein bisschen mehr mit ihm zu flirten. Aber nur übers Smartphone.

Ich will nichts lieber als bei dir sein.

Das war das Offenste, was ich geschrieben hatte. Jedes Mal, wenn ich daran dachte, bekam ich einen heißen Kopf und Herzklopfen. Wie hatte ich das nur fertiggebracht? Jedenfalls traute ich mich nicht, mit ihm zu telefonieren. Es war seltsam, es war irgendwie unwirklich. Vielleicht, weil ich ihn nur zweimal gesehen hatte? Es war wie eine Grenze, die ich nicht überschreiten konnte. Und ich glaubte, diesen seltsamen Bann erst brechen zu können, wenn ich ihn wiedergesehen hatte. Seltsamerweise hatte Noyan aber auch nie angerufen.

Ich hatte nur noch ihn im Sinn, und ich wollte so schnell wie möglich bei ihm sein.

Yaren Etem

zul. online gestern um 06:03

◇◇

Canım, nasılsın? Yanlış birşey mi yaptım? Hiç yazmıyorsun ... Geçen gün halamla konuştuk. Sen yoktun. İyi olduğunu söyledi, sevindim. Ben fena değilim, hep Noyan'ı düşünüyorum. ;-) Keşke gelebilsem! Sende neler var? Ararsan çok sevinirim. Öptüm

Meine Liebe, wie geht's dir? Habe ich etwas falsch gemacht? Du schreibst nie ... Neulich haben wir mit Tante telefoniert. Du warst nicht da. Sie sagte, es ginge dir gut, das hat mich gefreut. Mir geht es einigermaßen, denke ständig an Noyan. ;-) Könnte ich doch kommen! Was gibt es bei dir? Würde mich freuen, wenn du dich melden würdest. Küsschen

Der Frühling kam, und an manchen Tagen wurde es inzwischen richtig schön warm. Die Vögel zwitscherten, und ich genoss die Sonnenstrahlen, die mich in Sommerstimmung versetzten. Ich wusste jetzt viel mehr über die Türkei. Das war ein positiver Nebeneffekt meines Plans, den ich gar nicht beabsichtigt hatte, der mir aber in Istanbul bestimmt noch sehr nützlich sein würde.

Dass ich so lange durchhalten konnte, hatte ich auch Jule zu verdanken. Sie hatte mir immer geduldig zugehört, hatte mir Mut gemacht, wenn ich mal wieder fast die Hoffnung verloren hätte. Bis schließlich der Tag gekommen war:

Ich war verdammt aufgeregt. Wochenlang hatte ich den passenden Moment abgewartet. Nun war es so weit. Meine Mutter war bei einer Freundin. Und mein Vater und ich waren abends allein zu Hause.

»Papi'dschick?! Weißt du, heute hatten wir in der Schule das Thema Türkei. Und Frau Heiner und meine Klassenkameraden haben mich ganz viel gefragt. Aber ich konnte kaum etwas erzählen.«

Bei meinem letzten Satz sah mein Vater von seiner Zeitungslektüre im Laptop auf.

»Da ist mir aufgefallen, dass ich gar nicht so viel über die Türkei weiß.« Ich achtete auf meinen Ton. Ich wollte Bedauern ausdrücken und traurig klingen, aber ich durfte auf keinen Fall übertreiben. Meine Eltern waren, was Lügen und Tricks anging, sehr sensibel. Gerade mein Vater.

»Wieso?«, fragte er. »Was wollten sie denn wissen?«

»Na, alles Mögliche. Wie das Leben dort so ist, zum Beispiel in der Schule. Stell dir vor, einige glauben, dass Mädchen dort nicht in die Schule gehen dürfen!«

»Und dazu konntest du nichts sagen?« Mein Vater war entsetzt.

»Doch, klar. Ich habe ein bisschen von Yarens Schule erzählt. Wie es dort aussieht und dass man dort eine Uniform tragen muss und dass ungefähr die Hälfte der Studierenden in der Türkei Frauen sind. Das hattest du mir ja mal gesagt, aber ...«

Mein Vater unterbrach mich mit einem Leuchten in den Augen. »Gut gemacht!«, sagte er stolz.

»Ja, aber, Papi, ich habe mir überlegt, dass ich mehr über die Türkei wissen müsste. Schließlich bin ich ja auch Türkin, und ich habe dort noch nie gelebt.«

»Eee?!«, sagte mein Vater auf Türkisch und runzelte die Stirn. Jetzt musste ich aufpassen. Vielleicht hatte ich doch etwas übertrieben?

Dieses »Eee« konnte vieles heißen. In der Regel bedeutete es »Aha, und nun, was willst du von mir?« oder auch »Achtung, gleich kommt etwas, wovor ich auf der Hut sein muss!«. Das hieß, mein Vater spürte etwas und war gewarnt. Ich musste jetzt meine Stimme erwachsener und selbstbewusster klingen lassen, und das Jammern musste ich sofort einstellen.

»Ich möchte mal eine Weile in der Türkei leben, Papa!«, sagte ich direkt heraus. Mehr sagte ich nicht. Die einzige realistische Möglichkeit dafür waren die Ferien, aber ich musste ihn dazu bringen, selbst darauf zu kommen.

»Was? Du meinst, allein?«

Ich nickte ernst.

»Kommt gar nicht infrage!« Mein Vater sah mit verstörtem Blick wieder auf den Monitor.

Ich schwieg. Ich wusste, der Gedanke musste sich erst einmal setzen. Nach einer Ewigkeit sah er mich wieder an.

»Und was ist mit der Schule, und überhaupt ...« Er schluckte. »Was ist mit uns?«

»Ach, Papa!« Ich legte tröstend die Hand auf seine Schulter. »Ich meine doch nicht, für immer. Nur für eine Zeit lang, ein paar Monate oder ein paar Wochen, keine Ahnung.«

Los, Papi, dachte ich und hoffte so sehr, dass er es jetzt sagen würde. Den Weg hatte ich bereitet, nun musste er nur noch darauf eingehen.

»Also, ich finde es ja gut, dass du dich für die Türkei interessierst, aber …«

»Ja, Papa!« Jetzt musste ein schlagkräftiges Argument her. »Es wäre auch gut für mein Türkisch. Ich meine, wenn ich allein dort bin, muss ich ja türkisch sprechen. Mit euch geht das nicht.«

»Hm«, sagte mein Vater. »Vielleicht … könntest du …« Er sprach langsam, und man merkte, dass er sich jedes Wort gut überlegte. »Vielleicht … in den … Sommerferien – für zwei, drei Wochen?«

Als ich das hörte, hätte ich beinahe geschrien vor Freude. Aber ich tat ganz cool. Selbst meine Augen durften nicht lächeln oder vor Freude funkeln.

»Na ja«, sagte ich. »Das wäre schon mal okay fürs Erste. Aber, Papa, irgendwann muss ich dann auch mal länger hin, ja?«

»Schau'n wir mal«, sagte mein Vater, und ich wusste, ich hatte es so gut wie geschafft. Aber statt mich sofort zu freuen, gab ich ihm noch ein weiteres Argument, damit er sich mit seiner Entscheidung wohlfühlte. »Ich kann ja bei Oma bleiben und sie in der Zeit auch unterstützen.«

Jetzt leuchteten die Augen meines Vaters. »Gute Idee! Aber wir müssen erst mal mit deiner Mutter reden, okay?«

»Okay«, sagte ich und umarmte meinen Vater ganz fest. »Danke, Papa!«

Ich lief in mein Zimmer, drehte die Musik auf und hüpfte quietschend auf meinem Bett auf und ab. Meine Mutter hatte ich schon bearbeitet, lange bevor mein Vater da war. Sie hatte mich zu ihm geschickt. Wie immer, wenn es um etwas Wichtiges ging. Entweder schickte sie mich zu ihm oder er mich zu ihr.

Als von dem Gehüpfe auch mein Bett anfing zu quietschen, sprang ich runter. Ich machte die Musik leiser und legte mich hin. Atemlos nahm ich mein Handy. »Yakında yanındayım, Noyan!«, tippte ich. »Bald bin ich bei dir!« Ich sah mir seine Augen an, wie sie lächelten. Dann löschte ich den Satz bis auf »Bald«, ergänzte ihn und sendete die Nachricht nicht an ihn, sondern an Yaren.

Yakında İstanbul'da! :-D

Bald in Istanbul! :-D

Yakamoz 2

28.7.

Der Tag ist gekommen, ich schreibe wieder ...

Wieso, sag mir, wieso habe ich nichts davon gewusst? Du hast heute geschrieben, und ich konnte mein Glück nicht fassen. Ich hätte nicht gewagt, davon zu träumen, und doch habe ich es immer wieder getan. Und jetzt soll es wahr geworden sein?

29.7.

Wie soll ich es in Worte fassen, heute, wo ich deine Hand berührt habe? Du strahltest mich an, und ich hatte mein Meeresleuchten wieder. Dabei dachte ich, dich für immer verloren zu haben.

Wie sollst du es dir vorstellen können, wo ich es doch selbst nicht glauben kann? Ich habe so etwas noch nie erlebt. Als der Moment unseres Wiedersehens nahte, schlug mein Herz so wild, dass ich dachte, ich hätte vorher gar nicht gelebt. Und als er gekommen war, spürte ich dich in jeder Faser meines Seins.

Kapitel 3

Meine neue Jeans musste auf jeden Fall mit. Wie oft hatte ich mir vorgestellt, wie ich sie bei meinem Wiedersehen mit Noyan tragen würde. Ich rollte sie um den Ginseng-Saft für meine Oma. Der große rote Koffer, den mir meine Mutter gegeben hatte, war schon fast voll. Ich musste an so vieles denken. Aber die Punkte auf meiner To-do-Liste, die ich schon seit Wochen führte, waren fast vollständig durchgestrichen. Die Sachen, die auf der Wäscheleine zum Trocknen hingen, musste ich noch holen, und die Flasche *One Million* für Yaren wollte ich in Geschenkpapier einwickeln.

Yaren Etem
zul. online heute 15:30

◇◇◇

Yaren'cim, yarın geliyorum, halam söylemiştir. Bavulumu topluyorum şimdi. Son şansın, birşey istiyor musun buradan? Görüşeceğimize çok seviniyorum! Hoşçakal! :-*

Liebe Yaren, ich komme morgen. Tante hat es dir sicher schon gesagt. Packe gerade meinen Koffer. Letzte Chance, magst du etwas von hier haben? Ich freue mich sehr, dass wir uns bald sehen! Mach's gut! :-*

»Hast du auch ausreichend Socken und Unterwäsche eingepackt? Deine Oma ist eine alte Frau, sie sollte nicht so oft Wäsche waschen müssen.« Das ging nun schon seit einer Woche so. Meine Mutter fragte mich andauernd, ob ich auch an dieses oder jenes gedacht hatte. Alle waren ganz aufgeregt.

»Ja, Mama, alles, was ich habe, ist da drin«, antwortete ich und fürchtete, dass meine Mutter das T-Shirt nach mir warf, das sie in der Hand hielt. Aber sie reagierte nicht. Ich hatte das Gefühl, meine Mutter hörte gar nicht richtig zu. Ich glaube, sie war zu sehr mit dem Abhaken ihrer eigenen Liste im Kopf beschäftigt.

»Um Gottes willen!«, rief mein Vater, als er gerade an meinem Zimmer vorbeiging und meinen Koffer auf dem Boden sah. »Das sieht verdammt schwer aus. Denk dran, dass du erst mal allein bist, wenn du in Istanbul landest. Außerdem darfst du nur zwanzig Kilo mitnehmen.«

Ich schaute hoch und seufzte. »Stimmt ja!« Daran hatte ich gar nicht mehr gedacht.

»Wir dürfen auf keinen Fall vergessen, den Koffer zu wiegen!« Meine Mutter, die gerade wieder in mein Zimmer kommen wollte, wechselte die Richtung und ging zur Rumpelkammer. »Waage, Waage, wo ist sie noch mal?«, hörte ich sie unterwegs flüstern.

Ich wünschte, dass endlich morgen wäre und ich im Flieger säße. Dann hätte dieses ewige Warten ein Ende, und ich könnte Noyan endlich wiedersehen. Ich hatte ihm nichts gesagt. Einerseits wollte ich ihn überraschen, andererseits wollte ich erst einmal die Lage mit meiner Oma abchecken und natürlich auch keinen Verdacht aufkommen lassen. Meine Eltern würden täglich anrufen, und sie würden natürlich auch mit meiner Oma sprechen. Sie sollten nicht merken, dass ich mit einer ganz anderen Absicht nach Istanbul geflogen bin. Ich musste einen Freund eigentlich nicht verheimlichen. Aber meine Eltern hätten mich nie allein in die Türkei geschickt, nur weil ich mich in einen Jungen verguckt hatte. So würden sie es nennen, egal wie sehr ich ihn liebte. Da war ich mir sicher.

Also würde ich warten und mich erst nach einiger Zeit mit Noyan treffen. Wenn es dann herauskäme, könnte ich behaupten, ihn erst kürzlich kennengelernt zu haben. Ich wollte auf keinen Fall das Vertrauen meiner Eltern verlieren.

»Es kommen manchmal Zeiten auf dich zu, da musst du bestimmte Entscheidungen treffen, ganz allein, unabhängig von anderen. Diese Entscheidungen werden dann vielleicht zu ganz wichtigen Wendepunkten in deinem Leben. Zu Scheidewegen deines Schicksals.« So oder so ähnlich hatte das mal meine Tante gesagt, damals, in einer lauen Sommernacht, bei einem gemeinsamen Urlaub in Alanya, als sie von ihrer Kindheit und ihrem Leben erzählte.

Damals hatte ich nicht genau verstanden, was sie meinte. Heute wusste ich, was sie sagen wollte. Die Entscheidung, nach Istanbul zu fliegen und Noyan zu treffen, das konnte ein Wendepunkt in meinem Leben werden. Ich musste das tun, unabhängig von meinen Eltern. Auch wenn ich erst fünfzehn war. Meine Tante war siebzehn gewesen, als sie sich heimlich mit ihrem Freund treffen wollte. »Natürlich habe ich meine Eltern anlügen müssen. Aber nur so konnte ich alles machen, was ich wollte«, hatte meine Tante mir erzählt. Aber einmal hatte ihre Mutter, meine Oma also, sie nicht gehen lassen. Meine Tante hatte wirklich alles versucht. Sie hatte sich eine gute Geschichte ausgedacht, aber meine Oma blieb hart. Die Zeit verstrich. Minute um Minute, Stunde um Stunde. Es gab damals keine Handys und auch kein Internet, geschweige denn Computer, um vielleicht eine E-Mail zu schreiben. Wie sollte sie ihrem Freund Bescheid geben? Sie konnte ihm hinterher nur einen erklärenden Brief schreiben, adressiert an seine Schwester, damit keiner Verdacht schöpfen konnte. Aber es ging trotzdem auseinander mit den beiden. Sie weiß nicht mehr genau, warum. Aber sie glaubt heute noch, dass sie mit ihm, der Liebe ihres Lebens, zusammengeblieben wäre, wenn sie ihn damals getroffen hätte.

Jetzt hatte sie eine Tochter. Yaren war ein tolles Mädchen, und meine Tante liebte sie sehr, aber mit Yarens Vater war sie nie wirklich glücklich gewesen. Nach neunzehn Jahren Ehe hatten sie sich getrennt. Und nun schwor meine Tante, dass ihre Tochter niemals lügen müsste, nur um glücklich zu sein. Yaren und meine Tante hatten tatsächlich ein tolles, offenes Verhältnis.

Ich bewunderte Yaren. Sie war ziemlich schräg. Sie wirkte oft sehr erwachsen, aber manchmal hatte sie nur Quatsch im Kopf. Sie war zwei Jahre älter als ich und sehr hübsch. Fand ich jedenfalls. Ich wusste, dass sie früher in der Schule öfter wegen ihrer leicht abstehenden Ohren und ihrer roten Haare gehänselt worden war.

Ich muss zugeben, dass ich sie noch nicht so gut kannte. Klar, sie war meine Cousine, und ich kannte sie ein Leben lang, aber ich hatte sie bisher immer nur in den Sommerferien gesehen und letzten Winter. Deswegen freute ich mich auch darauf, dass wir hoffentlich in Istanbul viel gemeinsam unternehmen und uns besser kennenlernen würden.

Yaren Etem

zul. online heute 17:22

◇◇◇

Yaren'cim, ne zamandır unutuyorum. Eğer Noyan'ı görürsen, sakın geleceğimi söyleme lütfen! Kisses

Liebe Yaren, ich vergesse es immer wieder. Falls du Noyan sehen solltest, bitte sage ihm nicht, dass ich komme! Kisses

Wieso antwortete sie mir nicht? Und warum interessierte es Yaren nicht, wie es mit Noyan weitergegangen war nach unserem letzten Treffen im Café in Eminönü? Ich hatte kein gutes Gefühl. Ich fand es ziemlich seltsam. Vielleicht hatte sie es auch nicht so ernst genommen. Sie selbst hatte zwar schon öfter einen Freund gehabt, aber so richtig verliebt war sie nie gewesen. Vielleicht dachte sie aber auch, dass eine Beziehung mit Noyan über die Entfernung ohnehin keine Chance hätte. In Istanbul fand sie das mit Noyan jedenfalls total aufregend. Yaren meinte auch, dass wir gut zusammenpassen würden, er und ich. Frech, wie sie war, hatte sie uns im Café sogar fotografiert, kurz bevor Noyan und ich uns verabschiedeten. Das war mir vielleicht peinlich! Aber hinterher war ich froh. Dieses Foto, das bei jeder Nachricht von ihm aufleuchtete, war das einzige, das ich von ihm hatte, und es war der Beweis dafür, dass ich das wirklich erlebt hatte.

Vielleicht dachte Yaren, dass ich nur wegen Noyan den Kontakt mit ihr suchte. Früher hatten wir uns selten geschrieben. Aber es war ja wohl klar, dass ich von ihr wissen wollte, ob sie ihn wiedergesehen hatte, was er tat und so weiter. Er hatte nämlich Freunde auf Yarens Schule. Er selber ging auf eine andere Schule im selben Viertel. Wieso nur hatte Yaren meine E-Mails, Facebook- und WhatsApp-Nachrichten, meine SMS nicht beantwortet? Vielleicht war sie sauer? Aber warum? Ich würde es bald herausfinden. Na ja, vielleicht übertrieb ich auch. Meine Tante meinte mal, dass Yaren nun viel mehr lernen müsse, weil es ihr letztes Jahr in der Schule wäre und sie sich für die Uni-Aufnahmeprüfung vorbereiten müsste.

»Hier, vergiss das nicht.« Meine Mutter reichte mir ein Päckchen und riss mich aus meinen Gedanken. »Das Parfüm für Yaren«, sagte sie, als ich nicht sofort wusste, was sie meinte.

»Danke, Mama!«

Sie hatte es für mich eingepackt. Ein Punkt weniger auf meiner Liste!

Ich kniete mich auf den Boden und griff in meinen Koffer.

Gerade als ich begann, meine Sachen noch einmal danach durchzugehen, ob ich sie wirklich alle mitnehmen musste, läutete mein Handy.

»Jule!«

»Tuana! Ach, Mensch!« Meine beste Freundin seufzte. »Jetzt ist es also schon so weit.«

Ich schluckte. Das klang nach Abschied, und zum ersten Mal spürte ich auch die andere Seite. Aus lauter Freude hatte ich verdrängt, dass ich mein gewohntes Umfeld verlassen würde. Und das für eine ganz schön lange Zeit. Ich würde fast die vollen Ferien verreist sein. Fünf Wochen. So lange war ich noch nie weg gewesen, getrennt von meinen Eltern. Mir schossen Tränen in die Augen.

»Ja«, sagte ich. »Morgen fliege ich.« Dann sah ich auf und schaute nach, ob meine Eltern noch in der Nähe waren. Ich konnte sie nicht sehen, dennoch blieb ich vorsichtig. »Danke für alles, Jule!«, flüsterte ich. »Das werde ich dir nie vergessen!«

Jule schwieg. Ich glaube, sie musste weinen. Jedenfalls räusperte sie sich einige Male, bevor sie wieder etwas sagte. Seltsam, aber ich musste plötzlich an ihre Sommersprossen und ihre Stupsnase denken. Tränen passten überhaupt nicht zu ihrem fröhlichen Gesicht. »Pass gut auf dich auf und genieße jeden Augenblick mit ihm, hörst du?!« Dann stockte sie erneut. »Und komm ja wieder zurück!«

Kapitel 4

Der Abschied von meinen Eltern verzögerte sich wegen einer Auseinandersetzung mit der Frau am Check-in-Schalter. Ich war gestern wirklich den gesamten Inhalt meines Koffers durchgegangen und hatte einiges herausgenommen. Ich hatte es geschafft, das Gewicht von fünfundzwanzig auf einundzwanzig Kilo zu reduzieren. Und auch wenn mein Vater gemeckert hatte, wollte ich jetzt auf nichts mehr verzichten.

»Komm schon«, sagte meine Mutter zu ihm. »Bei einem Kilo werden sie schon ein Auge zudrücken.«

Mein Vater ließ sich zwar überreden, glaubte aber nicht daran. »Ihr werdet schon sehen«, sagte er, als wir das Haus verließen. Leider behielt er recht. Die Frau am Schalter drückte kein Auge zu. Wir sollten für das eine Kilo dreißig Euro bezahlen.

Als mein Vater das hörte, verließ er vor Wut den Schalter, ohne ein Wort zu sagen. Meine Mutter versuchte, die Frau zu überreden. Wir hatten es oft erlebt, dass sogar fünf Kilo mehr kommentarlos akzeptiert wurden. Diese Frau blieb stur. Ich auch, denn ich weigerte mich, meinen Koffer zu öffnen, um noch etwas herauszuholen.

»Mama, wirklich, ich brauche das alles«, sagte ich.

Klar, ich hätte auf ein Paar Schuhe oder einen Pulli und ein, zwei T-Shirts verzichten können, aber nun war es zu spät. Ich bereute sehr, dass ich das nicht zu Hause gemacht hatte.

»Du kannst dir in Istanbul für dreißig Euro ein Paar neue Schuhe kaufen«, argumentierte meine Mutter.

Das stimmte zwar, und wenn ich die Geschenke für meine Verwandten abgegeben hatte, wäre für die Rückfahrt auch wieder Platz für neue Sachen. Trotzdem weigerte ich mich.

»Mama, wirklich, das geht nicht!«

Ich hätte mich ohrfeigen können. Warum hatte ich sie nicht in irgendein T-Shirt gewickelt oder in eine Tüte gepackt? Aber es war zum Schluss einfach zu stressig gewesen, und meine Eltern waren gestern ständig in mein Zimmer gekommen. Ich hatte keine Gelegenheit gehabt, sie einzupacken. Ganz oben lag eine Flasche *Lanvin L'Homme*. Ich kannte Noyans Geschmack zwar nicht, aber ich wollte ihm auf jeden Fall etwas aus Deutschland mitbringen.

Meine arme Mutter wandte sich abwechselnd an mich und an diese furchtbare Frau am Schalter. Sie wirkte richtig ratlos. »Tuana, wenn du jetzt den Koffer nicht auf der Stelle öffnest, dann …« Meine Mutter war rot im Gesicht und wäre beinahe vor Wut geplatzt. Die Leute hinter uns in der Schlange waren auch schon genervt und machten sich langsam bemerkbar.

»Mama, bitte!«, bettelte ich zwar ein letztes Mal, aber ich wusste, dass ich verloren hatte. Alles umsonst, aus der Traum, dachte ich, während ich mit zitternden Händen die Zahlenrädchen am Kofferschloss drehte.

Sechs – vier – drei – neun. Klick-klack. Meine Mutter sah mir sofort in die Augen. Dieser durchdringende Blick. Ich glaube, mir tropfte in diesem Augenblick eine Schweißperle von der Stirn. Meine Mutter schien einen Moment lang nachzudenken. Dann sah sie auf einmal weg, nahm mir das Paar Schuhe und einen Cardigan, die ich herausgesucht hatte, ab und half mir schweigend, den Koffer wieder zu schließen.

Bis zur Sicherheitskontrolle redete sie kein Wort mit mir. Sie wirkte verstört, und ich traute mich kaum zu atmen. Es konnte eigentlich nichts mehr passieren. Ich hatte eingecheckt, und trotzdem hatte ich irgendwie Angst. Mein Vater schien sich wieder beruhigt zu haben und sah mich besorgt an.

»Was ist denn?«, fragte ich.

»Ich weiß nicht, ob das wirklich eine gute Idee ist. Du allein in …«

Ich unterbrach ihn. »Oh, Papa! Wir haben doch alles besprochen.«

Mein Vater nickte. »Hör auf deine Oma und hilf ihr, ja? Du weißt, sie muss sich schonen.«

»Klar, Papa. Ich habe es doch selbst vorgeschlagen«, sagte ich und umarmte ihn. Er küsste mich auf die Stirn und drückte mich so fest, dass ich fast keine Luft bekam. Dann wandte ich mich meiner Mutter zu, aber ich traute mich nicht, sie anzusehen. Ich merkte, dass sie mich beobachtete. Nur ein Gedanke hielt mich davon ab, in Tränen auszubrechen.

Keine Fragen, Mama, bitte!, dachte ich. Hoffentlich würde sie mir jetzt nicht alles verderben. Ich weiß nicht, wie viele Sekunden vergingen, aber die Zeit kam mir unendlich vor.

Meine Mutter machte einen Schritt auf mich zu, strich mir die Haare aus dem Gesicht und sah mir tief in die Augen. »Pass auf dich auf, Tuana. Und mach mir keine Dummheiten!« Ich schluckte und nickte stumm. Dann umarmten wir uns lange.

Meine Eltern winkten mir, bis ich hinter der Sicherheitskontrolle außer Sichtweite war.

Richtig wohl fühlte ich mich erst, als ich endlich im Flugzeug saß. Vorfreude, Aufregung und Glücksgefühle überfielen mich. Noyan. Ob ich ihm von alldem erzählen würde? Von allem, was ich getan hatte, nur um ihn wiederzusehen? Würde er *mich* wiedersehen wollen?

Ich hatte mir immer vorgestellt, dass Noyan mich abholen würde. Natürlich würde er das nicht tun, er wusste ja gar nicht, dass ich nach Istanbul kam, aber die Vorstellung war einfach schön.

Dass ich bei meiner Ankunft tatsächlich etwas enttäuscht war, lag aber nicht daran, dass Noyan mich nicht abholte, sondern dass Yaren und meine Tante nicht da waren. Meine Oma und der Hausmeister warteten im Abholbereich am Sabiha-Gökçen-Flughafen auf mich. Ich lächelte, umarmte und küsste meine Oma, meine süße Babaanne, und nahm mir vor, nicht nach Yaren und meiner Tante zu fragen. »Hoşgeldin, yavrum. Beni nasıl mutlu ettin, bilemezsin!«

Dass meine Babaanne, das heißt wörtlich »Mutter des Vaters«, glücklich war, wie sie sagte, konnte ich an ihren Augen ablesen. Ich war auch froh, nun bei ihr zu sein. Es war so süß, irgendwie rührend, dass sie mich »mein Kind« nannte. Der Mann-für-alles, der Kapıcı vom Mehrfamilienhaus, in dem meine Oma wohnte, nahm mir sofort meinen Koffer ab. Der hatte mir ganz schön Mühe bereitet, so wie es mein Vater vorausgesagt hatte. Zwar hatte er Rollen, aber beim Heben vom Gepäckband hatte ich meinen Rücken verdreht.

Ich atmete tief ein. Es roch nach Türkei, nach Istanbul. Es dämmerte zwar schon, aber die schwüle Hitze war immer noch erschlagend. Es war als spürte ich die Millionen Menschen, die hier gleichzeitig atmeten und die alle ein anderes, eigenes Ziel verfolgten. Alle liefen schnell und wirkten hektisch; nichts war ruhig oder langsam. Dabei wusste ich, dass es hier auf der asiatischen Seite entspannter war als drüben auf der anderen Seite des Bosporus.

Für zwei Sekunden schloss ich die Augen, lauschte der Stadt. Ungeduldiges Hupen, Rufe, Sirenen und Lautsprecherdurchsagen der Polizei, die die Fahrer ermahnten, vorsichtiger oder zügiger zu fahren. Ich hörte Schritte, die eilig auf und ab gingen, und Koffer oder Gepäckwagen, die hin und her geschoben wurden. Das Pfeifen eines Verkehrspolizisten holte mich zurück.

In diesem Augenblick beschloss ich, jeden Moment ganz bewusst wahrzunehmen und alles in vollen Zügen zu genießen. Ich musste alles aufsaugen, damit es für immer und ewig in meinem Bewusstsein gespeichert war. Wer weiß, wann ich wieder allein nach Istanbul reisen dürfte.

Ich wusste ganz genau, wie es war. Immer, wenn ich hier ankam und noch den ganzen Urlaub vor mir hatte, dachte ich an den letzten Tag. Er würde kommen, und ich würde mich wundern, wie schnell die Zeit vergangen war. Mein Herz würde Tage vorher von der Gewissheit des nahenden Abschieds schwer sein. Es war unvermeidlich, aber ich hatte herausbekommen, dass es nur eine einzige Möglichkeit gab, dem einigermaßen zu entgehen – wenn auch nur scheinbar. Ich musste es genießen, jeden Augenblick. Vor allem die Augenblicke mit Noyan.

Fast während der ganzen Fahrt zur Wohnung meiner Oma hielt sie meine Hand. Ab und zu klopfte sie mit ihrer Handinnenfläche auf mein Knie, so als wollte sie mich beruhigen. Ich liebte ihre kleinen, zarten, faltigen Hände. Ihre Haut war inzwischen so dünn, dass ich das Gefühl hatte, sie würde zerreißen, wenn man nicht aufpasste.

»Erzähl, mein Kind, wie geht es dir?« Meine Oma fragte mich so viel. Wie es meinen Eltern ging, wie es in der Schule lief, ob mein Flug anstrengend und ob es in Deutschland kalt war. Wir fuhren auf der Autobahn, und ich las die Schilder, die an uns vorbeizogen. Pendik, Kartal, İçerenköy, Göztepe, Çamlıca.

Ich antwortete nur kurz und lächelte ihr zu. Zwischendurch schrieb ich meinen Eltern eine SMS. Irgendwie fühlte es sich fremd an. Ich glaube, es lag an dem Kapıcı. Auch wenn er immer für meine Oma da war und ebenso für die anderen Bewohner des Hauses ein treuer Helfer war, auch wenn ich ihn schon lange kannte, blieb er doch ein Fremder für mich.

In Acıbadem, vor dem blauen Haus mit den grünen Markisen, hielten wir an. Ich hatte schon den feinen Duft in der Nase. Bei meiner Oma roch es immer nach Lavendel. Noch bevor wir aus dem Auto stiegen, stellte ich mir schon das Knarren ihres alten Kleiderschranks vor. Daran erinnerte ich mich immer in Deutschland und fühlte mich wohl. Jetzt war ich also wieder hier.

Mustafa bey, so hieß der Kapıcı, rief den Aufzug und stellte meinen Koffer hinein. Meine Oma und ich konnten uns auch noch irgendwie reinquetschen. Die Kabine war wirklich winzig. Mustafa bey lief die Treppen in den vierten Stock hoch. Auch wenn der Aufzug ziemlich langsam war, wunderte es mich, dass der Mann schon vor uns da war und uns die Tür aufhielt. Und er war nicht mal außer Puste, dabei schätzte ich ihn auf ungefähr fünfzig. Er schob meinen Koffer in die Wohnung und verabschiedete sich, indem er mich noch einmal willkommen hieß. Das fand ich nett. Meine Oma kramte in der Zwischenzeit in ihrer Handtasche und drückte ihm ein paar Scheine in die Hand.

Meine Babaanne hatte Kichererbsen und Reis gekocht, mein Lieblingsgericht. Dazu gab es Cacık, das war eine Joghurtsoße mit frischen Gurken und Pfefferminze, und zum Nachtisch Sütlaç, honigsüßen Milchreis mit Zimt, ein richtiges Festessen für mich. Ich aß und fühlte mich rundum glücklich.

»Kızım, ben havaalanına gelmeden önce halan aradı. Kusura bakmasın dedi. İşinin bugün uzun süreceğini söyledi. Eee, malum, Yaren de yarın dershaneye gidecek, yol uzun biliyorsun.«

Meine Oma wirkte etwas bedrückt, als sie meine Tante und Yaren entschuldigte. Es war ihr offensichtlich peinlich. Ich nickte nur und versuchte, so cool wie möglich auszusehen, aber in Wirklichkeit war ich traurig, fast ein bisschen beleidigt. Ich wusste schon, dass die Fahrt von Mecidiyeköy – oder einem anderen Ort von der europäischen Seite – hierher ewig dauerte. Und auch wenn meine Tante heute länger zu tun hatte und Yaren morgen zum Uni-Vorbereitungskurs musste, hätten sie sich ja inzwischen telefonisch melden können. Okay, Yaren verhielt sich ohnehin seltsam, aber meine Tante?

Gerade als ich das dachte, klingelte das Telefon. Meine Oma sprang auf und strahlte, als sich am anderen Ende meine Tante meldete. »Gut, ich gebe dich weiter, mein Kind.« Sie kam mir mit dem Telefon entgegen und reichte es mir.

»Hallo, Hala!«

»Hallo, mein Schatz! Wie schön, dass du da bist! Wie geht's dir, wie geht's meinem Bruder und deiner Mutter?«

»Gut, Tantchen, sie grüßen euch herzlich.« Schon als ich ihre warme Stimme hörte, hatte ich ihr verziehen. Nicht umsonst war sie meine Lieblingstante.

Sie entschuldigte sich noch einmal persönlich bei mir und sagte, dass wir uns spätestens am Wochenende sehen würden. Das hieß, dass ich noch einen Tag warten musste, um von Yaren Neuigkeiten über Noyan zu erfahren. Ich konnte mir nicht vorstellen, dass sie ihn gar nicht mehr wiedergesehen hatte, wo er doch im selben Viertel zur Schule ging wie sie.

Meine Tante und ich unterhielten uns eine Weile über meine Schule, aber schon bald entstanden Pausen. Es war der Moment gekommen, in dem Yaren nach dem Telefon hätte greifen müssen. »Okay, Mutter, jetzt lass mich auch mal mit meiner Cousine sprechen!« So war ich es von Yaren gewohnt. Aber es passierte nicht.

»Wie geht es Yaren?«

»Ah, klar, Yaren. Ähm, gut, mein Kind, gut geht es ihr.« Meine Tante stockte, wusste scheinbar nicht, ob sie weiterreden sollte. Mein erwartungsvolles Schweigen zwang sie schließlich zu sprechen. »Ach, sie hat so viel zu lernen. Sie wollte eigentlich früh ins Bett, aber eben kam noch ein Freund, und sie sind noch mal rausgegangen. Na ja, weißt du, eigentlich habe ich sie geschickt, damit sie mal auf andere Gedanken kommt.«

Ich sagte dazu nichts. »Ich freue mich sehr auf euch, Hala. Bis übermorgen!«

Meine Babaanne hatte das Gästezimmer für mich hergerichtet. Es war typisch für sie, dass sie die beste Bettwäsche genommen hatte. Frisch duftender, schneeweißer Stoff, mit feinen Spitzen umsäumt. Ich liebte es. Ich kam mir vor wie eine Prinzessin, wäre da nur nicht dieses ungewisse, unangenehme Gefühl gewesen, das mit Yaren zu tun hatte. Ich fühlte mich fallen gelassen. Hatte ich ihr irgendetwas getan?

Ich hoffte auf das Wochenende, und ich hoffte auf eine Erklärung für ihr eigenartiges Verhalten.

Yakamoz 3

29.7.

Ich habe mir den Kopf zerbrochen, die ganze Nacht über, aber ich habe keine Antwort gefunden. Was habe ich dir getan? Was hat dich nur bewogen, mir solche Dinge zu sagen? Nach einer so langen Zeit der Sehnsucht, nach solch großer Freude, diese unnahbaren Worte. Ich verstehe nichts mehr.

Morgen soll es anders werden. Ich will alles von dir wissen, alles. Und ich will dir alle deine Fragen beantworten. Nichts soll zwischen uns stehen.

29.7.

Es will nicht werden. Irgendetwas stimmt nicht. Die Melodie passt nicht zum Text. Dabei ist beides in Gedanken an dich entstanden. Ich kann ohnehin nicht mehr anders, an nichts anderes kann ich mehr denken.

Warum öffnest du dich mir nicht?

Kapitel 5

»Allahu ekber, allahu ekber!« Nicht meine Oma, sondern der Muezzin weckte mich am ersten Morgen meiner großen Ferien in Istanbul. Ich liebte den Ezan, besonders am frühen Morgen, bei Sonnenaufgang. Im Sommer schliefen wir immer mit offenem Fenster, und dann gesellte sich zum Gesang des Muezzin der Duft von frisch gebackenem Brot. Wenn ich in Essen so früh geweckt worden wäre, hätte ich mich einfach umgedreht und weitergeschlafen. Hier aber wollte ich alles andere als schlafen. Ich sprang auf und schlüpfte in die selbst gestrickten Pantoffeln, die mir meine Oma gegeben hatte.

Es war noch so früh, fast dunkel, aber meine Oma war längst wach. Daran, dass auf dem Boden noch ihr Gebetsteppich und das Tespih, der Rosenkranz, lagen, erkannte ich, dass sie eben gebetet hatte. Sie deckte den Tisch, als ich ins Wohnzimmer kam und mich an den großen Esstisch setzte.

»Günaydın, babaanne!«

Meine Oma erschrak. Ich hatte schon gestern Abend bemerkt, dass sie schlechter hörte als noch im Winter. Sie war immerhin vierundsiebzig. Ihre Brille, deren runde Gläser aussahen wie zwei Lupen, machten ihre grauen Augen doppelt so groß. Sie war eine richtige Bilderbuch-Oma, hatte silberweiße Haare, die nur oberhalb der Stirn unter ihrem Kopftuch hervorlugten.

»Guten Morgen, mein Kind. Ich habe dich gar nicht gehört. Wieso bist du schon wach? War ich zu laut? Hast du gut geschlafen?«

Meine Oma briet Spiegeleier mit Pastırma. Das war ein superleckerer Schinken mit einer speziellen Paprikapaste als Kruste, und gebraten konnte ich dem überhaupt nicht widerstehen. Dazu gab es Tomaten, Oliven, Schafskäse und ofenfrisches Weißbrot, das Mustafa bey gebracht hatte. Lecker!

Ich genoss das gemeinsame Frühstück und die Geschichten meiner Großmutter. Sie erzählte mir von ihrer Kindheit und Jugend, die sie bei Manisa verbracht hatte. Sie hatte ziemlich früh geheiratet. Mit siebzehn. Für die Zeit und die damaligen Umstände war das aber eher spät. Damals wurden viele in dem Dorf, wo sie lebte, mit einem Mann verheiratet, den die Eltern ausgesucht hatten, meistens schon, wenn sie dreizehn oder vierzehn waren.

»Ich war verschont geblieben.« Meine Babaanne wurde nachdenklich. »Das lag vielleicht daran, dass die Männer, die sich bei meinen Eltern vorstellten, ihnen nicht gefielen.«

»Und wie hast du dann Opa kennengelernt?« Neugierig sah ich meine Oma an und grinste.

»Ich hatte einfach nur Glück. Er hat mich am Brunnen beim Wasserholen gesehen und sich in mich verliebt.«

»Und du?«, fragte ich und hoffte, dass sie ihn wenigstens auch gut gefunden hatte.

»Schon als ich ihn das erste Mal gesehen habe, war es um mich geschehen.« Meine Oma lächelte verlegen. Ich glaube, sie wurde etwas rot. »Ich habe sofort Ja gesagt, als meine Eltern fragten, ob ich seinen Antrag annehmen will.«

»Aber du kanntest ihn doch noch gar nicht«, wandte ich ein.

»Ja, das stimmt«, sagte meine Oma, als wäre es total selbstverständlich. »Natürlich hätte er ein schlechter Kerl sein können. Ich sagte dir ja, ich hatte einfach Glück.«

Ich musste an meinen Opa denken. Ich konnte mich nicht groß an ihn erinnern. Doch ich vergaß nie, was für ein feiner und herzensguter Mann mein Dede gewesen war. Leider war er schon vor vielen Jahren gestorben. Es fiel mir schwer zu akzeptieren, dass es nur Zufall gewesen war, dass meine Oma ein glückliches Leben hatte.

»Aber Opa, der hat auch Glück gehabt mit dir!«

Meine Oma lachte, gab mir einen Kuss und griff nach ihrem Glas, um sich in der Küche noch mal Tee einzuschenken. Ich schnappte ihr das Glas weg. »Setz dich, Omi, ich mache das.«

Noyan, dachte ich in der Küche. Ich hatte mich auch sofort in ihn verliebt. Und ich kannte ihn genauso wenig, wie meine Oma damals meinen Opa gekannt hatte. Was würde ich tun, wenn Noyan mir plötzlich einen Heiratsantrag machte? Bei diesem Gedanken musste ich kichern. Dabei verschüttete ich etwas Tee. Auf halbem Weg stellte ich das Glas auf der Kommode im Flur ab und holte schnell eine Serviette. Wie romantisch das wäre! Ein Heiratsantrag! Na ja, natürlich würde ich nicht sofort heiraten, noch nicht mal Noyan. Ich war doch erst fünfzehn. Aber später vielleicht. Dazu musste ich ihn aber erst einmal richtig kennenlernen. Warum sonst war ich hier? Und ich war mir so gut wie sicher, dass er der Richtige war. Vielleicht war es meiner Oma auch so gegangen? Sie war verliebt gewesen, und sie hatte gefühlt, dass Opa der Mann ihres Lebens war.

Vielleicht musste man sich manchmal einfach entscheiden, Dinge einfach tun und etwas riskieren, ohne viel darüber nachzudenken oder sich immer abzusichern? Dass ich nun hier war, das war die Folge einer solchen Entscheidung, und ich war so aufgeregt und ungeduldig. Aber ich musste noch ein wenig durchhalten, mich noch etwas zurückhalten.

Obwohl ich an diesem ersten Tag nicht viel gemacht hatte, außer einmal mit meiner Oma einkaufen zu gehen, verging die Zeit ziemlich schnell. Als ich abends ins Bett ging, beschloss ich, am nächsten Tag meine Tante oder Yaren zu fragen, wie ich hier ins Internet kommen oder wenigstens günstig über mein Smartphone surfen konnte. Yaren! Ob sie morgen kommen würde? Ich würde sie so gern sehen und mit ihr reden.

Noyan hatte sich auch schon lange nicht mehr gemeldet. Zuletzt hatten wir uns vor neun Tagen geschrieben. Nur kurz, wir hatten uns darüber ausgetauscht, wie es uns ging. Eigentlich war seit Wochen keine »Liebesnachricht« mehr von ihm gekommen. Ich hatte auch immer nur »normal« geschrieben, weil ich nicht wollte, dass er etwas merkte. Das war gar nicht leicht gewesen bei meiner Aufregung und Vorfreude!

Ich musste ihm jetzt unbedingt schreiben. Wieder einmal verbrachte ich die halbe Nacht damit, mir zu überlegen, was genau ich ihm mitteilen und wie ich es formulieren könnte. Schließlich, als mir die Augen vor Müdigkeit fast zufielen, wusste ich es.

Ich fühle mich dir so nahe. ;-)

Kapitel 6

An meinem zweiten Morgen hatte ich den Muezzin verschlafen. Meine Oma hatte mich auch nicht geweckt. Ich glaube, ihr ging es an diesem Tag nicht so gut. Sie hustete und setzte sich immer wieder mal hin. Sogar das Gebet verrichtete sie nicht auf dem Teppich, sondern auf einem Stuhl. Es war zu anstrengend für sie, sich hinzuknien oder sich zu bücken. So gut es ging, half ich ihr. Beim Bettenmachen, beim Tischabräumen, beim Kochen und beim Ein- und Ausräumen der Spülmaschine. Zum Schluss saugte ich noch Staub und war gerade fertig, als es an der Tür läutete, oder besser gesagt, zwitscherte. Die Klingel meiner Oma war schräg. Sie klang nämlich wie ein singender Kanarienvogel. Ich flitzte ins Bad, um mich schnell etwas frisch zu machen. Meiner Tante und Yaren wollte ich nicht verschwitzt und mit zerzausten Haaren begegnen.

»Merhaba anne!«

»Hoşgeldin kızım!«

Ich lauschte. Tatsächlich! Ich wollte es nicht glauben, und doch hatte ich es irgendwie befürchtet. Nur meine Tante war gekommen und wurde von meiner Oma begrüßt. Yaren war nicht da. Mir schossen Tränen in die Augen. Was sollte das? Ich wischte mir die Tränen weg und ging hinaus.

»Tuana! Mein Kind, herzlich willkommen! Unglaublich! Du bist ja noch hübscher geworden, eine richtige junge Frau. Maşallah!«

Meine Tante umarmte mich, küsste mich immer wieder und musterte mich von oben bis unten. »Deine Augen hast du von deinem Vater«, sagte sie, als wir uns setzten. »Findest du nicht auch, Mama?«

Meine Oma nickte. Und dann unterhielten wir uns. Ich beantwortete alle Fragen und merkte dabei, wie sehr mein Türkisch eingerostet war. Meine Tante sprach ein anderes Türkisch als meine Oma. Mit meiner Babaanne konnte ich mich locker über alltägliche Dinge unterhalten. Meine Tante war, wie meine Oma, schon lange in der Türkei und sie war nicht wie meine Eltern wieder nach Deutschland zurückgekehrt. Sie war Geschäftsfrau und drückte sich gewählter aus, und ich versuchte automatisch, mich dem anzupassen. Aber es funktionierte nicht, ich kam immer wieder ins Stottern.

Meine Tante erwähnte Yaren mit keinem Wort. Ich wurde stur und nahm mir vor, auch nicht zu fragen. Pech!, dachte ich. Sollten sie doch merken, dass ich beleidigt war!

Meine Oma ging in die Küche, und meine Tante und ich deckten den Tisch. Meine Tante holte drei Teller aus dem Schrank.

»Kommt Yaren nicht?«, fragte meine Oma erstaunt, als sie das sah.

Ich holte den Salat und das Brot und tat ganz cool, gleichzeitig spitzte ich die Ohren.

»Äh, nein!«, sagte meine Tante leise. »Das heißt, ich glaube, sie schafft es nicht mehr.«

Ich weiß nicht, ob sie meiner Oma einen Blick zugeworfen oder ein Zeichen gemacht hatte, aber Babaanne fragte nicht weiter nach. Wir setzten uns an den Tisch, und ich beschloss, Yaren einfach zu vergessen und zu versuchen, den Abend mit meiner Oma und meiner Lieblingstante zu genießen. Außerdem war es meiner Tante vielleicht peinlich, dass ihre Tochter sich mir gegenüber so seltsam verhielt, da wollte ich meine Tante nicht noch mehr in Verlegenheit bringen.

Wir aßen und unterhielten uns. Es wurde immer gemütlicher, und ich schaffte es tatsächlich, nicht mehr an Yaren zu denken. Meine Tante war zwei Jahre älter als mein Vater. Sie sah ihm sehr ähnlich, hatte blondierte Haare und zu dünn gezupfte Augenbrauen, wie ich fand. So sahen hier viele Frauen aus. Ich fand, dass sie mit diesem Styling viel von ihrer Schönheit und Persönlichkeit verloren. Aber meine Tante sah trotzdem sehr gut aus. Ich beobachtete sie genau. Plötzlich musste ich wieder an Yaren denken. Sie hatte viel von meiner Tante. Ihre Gesten glichen sich und ihre Mimik meistens auch. Auf einmal zwitscherte der elektrische Kanarienvogel an der Tür meiner Oma. Meine Tante sprang auf und lief zur Tür. Ich blieb sitzen. »Yaren!« Meine Tante wurde auf einmal leiser, und die beiden flüsterten kurz miteinander, dann kamen sie rein. Es waren vielleicht drei Sekunden, aber die können ewig dauern, wenn jemand strahlend vor dir steht und eine Reaktion von dir erwartet. Ich rührte mich nicht. Alle sahen mich erwartungsvoll an, sodass ich mich zusammenriss. Ich tat überrascht und lächelte. Ich weiß nicht, ob man merken konnte, dass mein Lächeln nicht echt war. Ich hatte das Gefühl, dass mein Gesicht sich dabei verzerrte. »Yaren! Was für eine Überraschung!« Wir umarmten uns. Meine Oma und meine Tante entspannten sich. Man konnte es richtig spüren, wie erleichtert sie waren.

»Cousinchen!«, sagte Yaren, und man konnte meinen, sie sei überglücklich, dass sie mich nun endlich wiedersah. »*Du* bist die Überraschung!«

»Deine Schwiegermutter wird dich lieben!«, sagte meine Oma traditionsgemäß und meinte damit, dass nur Leute, die Glück haben, irgendwo reinplatzen, wo der Tisch bereits gedeckt ist. »Hast du Hunger?«

Yaren sah auf unsere Teller. »Kommt drauf an, was es gibt!« Sie grinste und zwinkerte mir zu. »Hab zwar schon gegessen, aber bei gefüllten Weinblättern kann ich nicht widerstehen. Schon gar nicht, wenn sie von Oma sind.« Dabei kniff sie unserer Oma in die Wange. Ich musste lächeln. Diesmal wirklich. So kannte ich Yaren. Frech, schräg und lustig. Ihre Art passte total zu ihrem Aussehen. Sie trug ihre Haare jetzt etwas kürzer als im Winter. Schulterlang und sonnenrot. Ihr apfelgrünes Sommerkleid passte genial dazu. Sie hatte ein Augenbrauenpiercing und eine tolle Figur. Ich hatte sie immer schon bewundert. Vielleicht war doch alles in Ordnung? Vielleicht gab es einen guten Grund, warum sie sich nicht bei mir gemeldet hatte?

»Jetzt bist du also hier, Tuana!«, sagte Yaren und blinzelte mir beim Essen zu. »Sag, was machst du, wie geht es dir?«

Ich erzählte Belangloses, etwas von der Schule, etwas von meinen Eltern, passend für die Ohren meiner Oma und meiner Tante. »Und du?«, fragte ich schließlich. »Was machst du? Wie läuft es bei dir?«

Ich konnte es kaum erwarten, bis meine Cousine und ich uns zurückziehen konnten, um uns richtig zu unterhalten, über die wesentlichen Dinge. Meine Tante und ich räumten den Tisch ab. »Oma, lass uns das machen.«

Yaren machte es sich auf dem Sofa neben meiner Oma bequem und quasselte, lachte lautstark, ohne uns zu beachten. Ich war irritiert, so hatte ich sie noch nie erlebt. Mir war es peinlich, dass sie so rumsaß, aber meine Tante sagte nichts. Ich dachte an meine Eltern. Sie hätten mich sofort aufgefordert, mitzuhelfen oder es zumindest anzubieten.

Nach dem Abräumen setzte ich mich zu Yaren und meiner Oma. Meine Cousine erzählte weiter, musterte mich aber zwischendurch immer mal wieder. Als sie mit ihrer Geschichte fertig war, ergriff ich die Gelegenheit und fragte danach, wie ich ins Internet kommen oder günstig über mein Smartphone surfen konnte.

»Am besten, du kaufst dir eine Handykarte von hier. Damit kannst du dann auch surfen«, schlug meine Tante vor, die gerade mit Tee für uns hereinkam.

»Gute Idee«, sagte Yaren. »Und wegen des Internets könnten wir Omis Nachbarn fragen. Vielleicht darfst du deren Verbindung nutzen, wenn sie eine Flat haben?«

Wir sahen gleichzeitig zu unserer Oma. Sie trank ihren Tee und schien in Gedanken ganz woanders zu sein. Sie wirkte müde und abgeschlafft. Jedenfalls musste Yaren sie noch einmal fragen.

»Entschuldige, mein Kind, aber ich kenne mich mit solch modernen Dingen nicht aus.« Meine Oma versprach mir aber, Mustafa bey zu fragen. »Der weiß bestimmt, wen wir in der Nachbarschaft ansprechen können.«

»Wenn du willst, können wir auch gleich zusammen rausgehen und dir eine Handykarte holen«, schlug Yaren vor.

Endlich!, dachte ich. Endlich konnten wir uns allein unterhalten.

»Um diese Zeit?«, wandte ich trotzdem ein, weil ich mir nicht vorstellen konnte, mit unserem Vorhaben noch Glück zu haben.

»Klar, hier kriegst du an jeder Ecke Handykarten, sogar in jedem Kiosk, bis spät in die Nacht. Ist das bei euch nicht so?«

Ich holte gleich meine Tasche und schlüpfte in meine Sandalen. »Na dann. Auf geht's!«

Schon waren wir draußen. Das liebte ich in Istanbul, alles war spontan und unkompliziert – meistens zumindest. Meine Cousine und ich liefen eine Weile stumm nebeneinanderher. Ich hatte bald das Gefühl, dass auch für Yaren die Handykarte eigentlich zweitrangig, nur ein Vorwand gewesen war. Vielleicht wollte auch sie mit mir allein sein? Jedenfalls liefen wir an einigen Läden vorbei, die noch offen hatten.

»Du bist sauer auf mich, oder?«, sagte Yaren auf einmal.

Ich sah sie an. »Nein, wieso?«

»Doch!« Yaren wurde ernst. »Ich weiß schon, ich habe dir nie auf deine Nachrichten geantwortet und …« Sie schwieg, setzte dann aber wieder an. »Und du bist auch irgendwie anders zu mir, anders als sonst.«

»Wie bitte? Du meinst, ich bin anders zu dir?« Ich konnte mich nicht zurückhalten. Nach all der Zeit, in der sie mich fast irregemacht hatte? Die Worte sprudelten aus mir heraus. »Also, bitte, Yaren! Du hast mir nie geantwortet, du hast dich nicht gemeldet, auch als du wusstest, dass ich komme.« Ich holte Luft. »Vielleicht wolltest du mich heute nicht mal besuchen … ich weiß es nicht, aber wenn hier jemand anders ist als sonst, dann doch du!«

Yaren schüttelte den Kopf, während ich redete. Ab und zu nickte sie auch. Ich wusste nicht, was das sollte. Ich war kurz vorm Platzen, aber ich riss mich zusammen und achtete auf meine Wortwahl und meinen Ton.

»Cousinchen!« Yaren sah mir tief in die Augen. »Es ist nichts, wirklich. Ich konnte nicht antworten. Ich muss so viel lernen.«

»Ach, komm, Yaren!« Diese Ausrede reichte mir nicht. Schon gar nicht, nachdem ich wusste, dass sie Zeit zum Weggehen hatte, mit Freunden oder ihrem Freund. Das hielt sie wohl nicht vom Lernen ab? Sie war ja eben auch wieder unterwegs gewesen und hatte bereits gegessen, wie sie erzählt hatte.

»Und du hattest nicht mal Zeit für eine ganz kurze Antwort?«, fragte ich. »Du hättest nicht mal schreiben müssen. Nur mal kurz anrufen, das hätte schon gereicht!«

Yaren atmete tief ein und blieb stehen. »Okay«, sagte sie. »Okay, dann muss ich es dir wohl sagen.«

Sie betonte diesen Satz so komisch, dass mir fast die Luft wegblieb. Was kam jetzt? Das klang gar nicht gut, ich hatte ein richtig schlechtes Gefühl.

»Du hast immer nach Noyan gefragt, und ich, ich konnte dir nichts über ihn sagen …«

»Nichts sagen? Wie meinst du das?« Eigentlich wollte ich nicht hören, was jetzt kommen würde. Mein Magen verkrampfte sich, und mir wurde übel. Trotzdem fragte ich nach.

»Na ja …« Yaren druckste herum. »Es tut mir so leid, aber … also, ich habe Noyan ein paarmal gesehen, und ich glaube, er ist nichts für dich.«

»Warum? Wieso denkst du das?« Ich schluckte.

»Er hat dich nicht verdient, glaub mir!«

»Jetzt sag schon! Ich kann nicht mehr. Warum? Wie kommst du darauf?« Tränen stiegen mir in die Augen.

»Beruhige dich, Tuana! Er ist halt ein Junge wie jeder andere auch. Was erwartest du? Ich glaube, er hat eine Freundin. Das ist es!«

Ich wurde stocksteif. Dann kehrte ich auf einmal um und ging mit schnellen Schritten den Weg, den wir gekommen waren, wieder zurück.

»Tuana!«, rief Yaren mir hinterher.

Ich blieb stehen und ging wieder auf Yaren zu. »Und wie,

wie kommst du überhaupt darauf? Du weißt es doch nicht genau, oder?« Meine Stimme brach weg, aber ich redete weiter. »Wieso hast du mir das nicht gesagt? Warum hast du nicht gesagt, dass ich nicht kommen soll? Weißt du, was ich alles dafür getan habe? Du hättest dich bei mir melden müssen.«

»Komm«, sagte Yaren. Sie legte ihren Arm um meine Schultern. »Lass uns in ein Café gehen und reden.«

Ich wehrte mich nicht, ließ mich von meiner Cousine mitziehen. Ich weinte und konnte gar nicht mehr aufhören. Yaren gab mir ein Taschentuch.

Kapitel 7

Ich schluchzte. Es war mir peinlich. Kahve dünyası, das Café, war voll. Ich konnte aber nichts dagegen tun. Yaren sah mich beunruhigt an.

»Ich wusste ja nicht …«, sagte sie. »Ich wusste ja nicht, dass du dir das so zu Herzen nimmst.«

Sie meinte, dass sie nicht erwartet hätte, dass ich tatsächlich nach Istanbul fliegen würde. »Deswegen habe ich dich auch nicht gewarnt.«

Ich schüttelte den Kopf. »Dachtest du, ich sage das nur so?«

»Was weiß ich! Ich wusste nicht, dass du *so* verliebt bist.«

Ich hoffte, dass Yaren sich in Bezug auf Noyan irrte, dass sie es falsch interpretiert hatte, was auch immer sie gesehen hatte. Vielleicht hatte sie ihn mit seiner Schwester, einer Cousine oder meinetwegen mit irgendeiner Freundin gesehen? Ganz harmlos, nichts weiter.

»Ich kann es nicht glauben!«, sagte ich. »Er hat mir doch immer geschrieben!«

Als Yaren das hörte, veränderte sich ihr Gesicht, und sie horchte auf. »Er hat dir geschrieben? Was denn?«

»Na, was wohl? Dass er mich sehen will, mich vermisst und so.«

»Aha!« Yaren verstummte.

Warum hatte ich so viel Pech? Ich war doch so froh gewesen, dass ich es endlich geschafft hatte, nach Istanbul zu kommen. Es lief doch alles super! In ein paar Tagen wollte ich ihm mitteilen, dass ich in Istanbul, bei ihm war und ihn treffen wollte. Und jetzt? Nun brach meine ganze Welt zusammen.

Ich putzte mir die Nase. »Jetzt erzähl mal, was du überhaupt gesehen hast, Yaren!«

Yaren sagte lange gar nichts. Sie schien angestrengt nachzudenken. Ich verstand ihr Verhalten einfach nicht. »Jetzt erzähl doch bitte! Mit wem hast du ihn gesehen? Wann? Wo? Und vor allem wie?«

»Hm? Ja.« Yaren wirkte so, als würde sie aus ihren Gedanken wiederauftauchen. Ich klebte an ihren Augen, hing an ihren Lippen.

»Ich weiß es nicht«, sagte sie dann. »Vielleicht habe ich mich auch geirrt.«

»Was?« Warum tat sie mir das an?

»Ich weiß nicht genau, es war vor ein paar Monaten, glaube ich. Es war, es war …« Sie schwieg. Dann sah sie auf. »Sie haben sich geküsst!« Ihre Augen blitzten bei diesem Satz. Und ich hatte das Gefühl, als würde mir jemand ein Messer in den Bauch rammen.

»Wer denn? Wer war sie? Haben sie sich auf den Mund geküsst?«

»Was glaubst denn du?« Yaren wirkte kühl. »Ich kenne sie nicht. Sie war hübsch. Sie war bei ihm eingehakt und …«

»Hat … hat er dich gesehen?«, fragte ich, obwohl ich eigentlich nichts mehr hören wollte. Nicht ein Wort.

Yaren schwieg wieder nachdenklich, dann zuckte sie mit den Schultern. »Weiß nicht.«

»Und wieso sagst du, du hättest dich geirrt? So ein Kuss ist doch eindeutig!«

Ich verstand die Welt nicht mehr. Yaren versorgte mich mit Tempos und bestellte uns einen Mango-Smoothie, ohne darauf zu hören, dass ich gar keinen wollte. Mir war übel. Ich konnte nicht mal mehr atmen, wie konnte ich da etwas trinken?

Yarens Handy klingelte.

»Oh, das ist meine Mutter!«, sagte sie. »Ja, wir kommen gleich. Wir sind noch im Kahve dünyası.«

Ich sah Yaren fragend an, aber sie meinte, dass alles in Ordnung wäre. Dann nahm sie ihren Smoothie und trank weiter.

»Ich muss ihn sehen«, sagte ich. Ich hatte einfach laut gedacht. Meine Cousine hätte sich beinahe verschluckt. Sie setzte das Glas ab. »Was?«

»Ja«, sagte ich. »Ich bin wegen ihm hier, und ich fahre nicht nach Hause, bevor ich ihn gesehen und mit ihm gesprochen habe.«

»Ach, komm, hör auf, Tuana! Das bringt doch nichts.«

»Warum?«

»Ich habe dir doch gesagt, was ich gesehen habe.«

»Eben!« Wieso verstand mich Yaren nicht?

»Ich will doch nur, dass er dir nicht noch mehr wehtut«, sagte sie schließlich.

Das war zwar rührend von ihr, aber es konnte mich nicht davon abbringen.

»Weißt du was?« Meine Cousine reichte mir noch ein Taschentuch und einen kleinen Taschenspiegel. »Jetzt wisch dir erst mal die Schminke weg. Ich würde sagen, du musst erst einmal auf andere Gedanken kommen. Wir ziehen morgen zusammen durch die Stadt, okay?«

Ich putzte mir die Nase und nickte dabei. Das war lieb von ihr. Ich sah furchtbar aus. Ich hatte dunkle Augenränder. Mein Kajal und die Mascara waren total verlaufen. So konnte ich meiner Oma und meiner Tante wirklich nicht unter die Augen treten. Wie sollte ich ihnen erklären, weshalb ich geweint hatte? Es wäre schon Glück, wenn sie meine roten, geschwollenen Augen nicht bemerkten. Yaren bezahlte die Smoothies, und es tat mir leid, dass ich meinen gar nicht getrunken hatte. Unterwegs kramte ich in meiner Tasche. Ich fühlte mich unwohl und wollte auf keinen Fall, dass meine Tante und meine Oma mir Fragen stellten. Zum Glück fand ich meine Puderdose. Yaren puderte mich unter einer Straßenlaterne zwei Straßen vor der Wohnung unserer Oma schnell ab.

»Es fällt nicht auf, glaub mir.«

An der Haustür dachte ich an die Handykarte. Blöd!

»Das machen wir morgen«, bestimmte Yaren.

Ich war einverstanden, denn ich hatte auch keine Lust mehr, noch mal zurückzugehen. Als wir oben waren, war meine Tante dabei, die Betten für sich und Yaren im Wohnzimmer herzurichten. Meine Cousine und ich halfen. In dem Hin und Her fielen meine verheulten Augen gar nicht auf. Zum Glück!

Als alle schlafen gingen, kam Yaren zu mir ins Gästezimmer. Sie versuchte, mich aufzuheitern, und erzählte lustige Geschichten aus unserer Kindheit. Für zwei Stunden vergaß ich, wie alt ich war. Yaren schaffte es tatsächlich, dass ich für den Moment nicht mehr traurig war. Wir kicherten wie früher über unsere Streiche und Tricks, darüber, wie wir als Kinder immer alles versucht hatten, um unsere Eltern dazu zu bringen, dass wir beieinander übernachten durften.

Kurz nachdem wir uns Gute Nacht gesagt hatten, griff ich doch noch mal nach meinem Handy. Noyan hatte auf meine gestrige Nachricht immer noch nicht geantwortet. Mich wunderte auf einmal nichts mehr. Ich presste meine Augen fest zu und wünschte mir, einfach nur zu verschwinden, um diesen Schmerz, der sich tief in meinem Herzen festgesetzt hatte, nicht mehr zu spüren.

Kapitel 8

Es bimmelte, und bevor ich verstand, was passierte, zog Yaren mich zur Seite. Die nostalgische Straßenbahn auf der İstiklâl Caddesi in Beyoğlu fuhr mitten durch die Flaniermeile. Die Tram hatte ich total vergessen. Im letzten Sommer war ich zum ersten Mal dort gewesen, und mein Vater hatte mir erzählt, dass die historische Bahn seit den 90er-Jahren wieder betrieben wurde.

Schon letzten Sommer hatte ich gestaunt. Alle zehn Minuten oder so tuckerte diese schöne alte Trambahn über die Promenade, und die Leute wichen einfach zur Seite aus, ohne sich bei ihrem Einkaufsbummel oder ihrem Spaziergang stören zu lassen. Manchmal sprang sogar einfach jemand auf einen der nostalgischen Waggons, wie in einem alten Film. Ich stellte mir mich und alles andere um mich herum schwarz-weiß vor. So könnte es glatt eine Szene aus einem alten romantischen Streifen sein.

Noyan! Er und ich hier, in dieser Szene. Dafür hätte ich alles getan. Nun hatte es sich erübrigt. Ich konnte meine Träume vergessen, wusste überhaupt nicht, was auf mich zukommen würde. Würde ich ihn überhaupt wiedersehen? Stattdessen war Yaren bei mir, und wir gingen langsam die İstiklâl Caddesi entlang, von Taksim aus abwärts.

Ich war wieder beeindruckt. Aber dieses Mal nahm ich alles viel intensiver wahr als im letzten Sommer mit meinen Eltern. Es ging eigentlich gar nicht, dass man hier nicht ständig abgelenkt wurde. Ich wusste nicht, wo ich hinsehen sollte. Es war zwar Sonntag, aber so lebendig und geschäftig und so voller Menschen, ganz anders als in Essen.

Kleine Läden mit coolen Klamotten wechselten sich mit gemütlichen Cafés in historischen, teilweise renovierten, teilweise verfallenen Gebäuden ab, die mit bunten Plakaten vollgeklebt waren. Es gab viele kleine Gassen mit Geschäften, in denen Silberschmuck, Gewürze, frische Fische oder Bücher verkauft wurden. Hier gab es nichts, was es nicht gab. Und ich sog den Duft der Lebendigkeit ein und spürte meine Einsamkeit, tief in meinem Inneren, umso mehr.

»Hast du schon Hunger?« Yaren war süß. Sie kümmerte sich wirklich rührend um mich.

»Du etwa? Wir haben doch erst vor zwei Stunden gefrühstückt!«, sagte ich und wunderte mich, als Yaren nickte. »Ja, schon, aber ich richte mich nach dir. Jetzt will ich dir erst mal etwas zeigen.«

Meine Cousine verriet mir nicht, was sie mit mir vorhatte. Das rostbraune Shirtkleid war lässig über ihre rechte Schulter gerutscht. Ganz besonders süß wirkten ihre Sommersprossen um die Nase, auf der eine coole Sonnenbrille saß.

Wir liefen atemlos die ganze Straße entlang, Yaren blieb nirgendwo stehen. Dabei hätte ich gerne mal in einem der Läden gestöbert und nach einem Mitbringsel für meine Eltern oder Jule gesucht. Außerdem wollte ich mich nur langsam bewegen, mir brummte der Schädel, und meine Augen brannten von der schlaflosen, verheulten Nacht.

»Das können wir später noch machen«, sagte Yaren und erzählte mir stattdessen im Vorbeigehen von zwei armenisch-katholischen Kirchen, einer römisch-katholischen und einer römisch-orthodoxen und noch mindestens drei weiteren Kirchen, deren Namen ich mir nicht merken konnte. Die Kirchen standen alle in der Nähe der Konsulate. Ich weiß nicht, ob ich sie alle zusammenbekomme. Ich glaube, da war das italienische und das niederländische Konsulat, das französische und das russische. Interessant fand ich auch das deutsche Gymnasium in der Nähe, wo man Abitur machen konnte, und das berühmte alte Galatasaray-Gymnasium, in dem auf Französisch unterrichtet wurde.

»Kann ich nicht wenigstens mal die Gebäude kurz fotografieren?«, rief ich Yaren hinterher.

»Später!«, bestimmte meine Cousine, aber ich fürchtete, dass wir bestimmt hinterher keine Zeit oder Lust mehr haben oder zu müde sein würden. So war es doch immer. Entweder gleich, oder es ist vorbei. Ich tröstete mich damit, dass ich ja noch eine Weile hier war. Dann würde ich eben allein noch mal herkommen.

Was Yaren alles wusste! »Dort hinten ist die Algerische Gasse«, sagte sie und zog mich weiter. »Ach ja, und ganz dahinten ist die Yeşilçam-Gasse!«

Ich drehte mich nach hinten, nach rechts, nach links, passte auf, dass ich keinen anrempelte, und versuchte gleichzeitig, mit Yaren Schritt zu halten. Bald konnte ich nicht mehr.

Schade, die Yeşilçam-Gasse hätte ich mir gern angesehen. Hier war früher das alte Hollywood der Türkei entstanden. Hier hätten auch meine ganz persönlichen Szenen mit Noyan entstehen können. Ich seufzte leise. Gestern noch war ich voller Hoffnung gewesen.

»Dort hinten war ein ganz tolles Kulturzentrum«, sagte Yaren und riss mich wieder mal aus meinen Gedanken. Ich bekam auch das Elhamra gezeigt, das früher ein Kino und gleichzeitig eine Theaterbühne war. Im Schnelldurchlauf sah ich noch einige andere Kinos, viele Passagen und Gassen, wo es Bars und Kneipen mit Livemusik gab. Ich war völlig außer Puste, als Yaren endlich stehen blieb. Mensch! So zeigte man doch einem Gast keine Stadt. Da hätte ich in einem Touri-Bus mehr gesehen. Ich konnte nicht mal die Atmosphäre richtig genießen.

»Hier!«, sagte Yaren. Dann stützte sie sich erst mal an einer Wand ab und atmete tief durch. Sie kramte eine Flasche Wasser aus ihrer Tasche und reichte sie mir. »Trink, wir brauchen jetzt Energie!«, sagte sie und grinste.

Oje!, dachte ich. Was würde jetzt noch kommen? Wir waren völlig verschwitzt. Es waren mindestens fünfunddreißig Grad im Schatten. Da sollte man sich eigentlich nur ganz langsam bewegen, wenn man nicht schweißgebadet und mit verlaufener Schminke dastehen wollte. Zu spät. Yaren rollte sich die roten Haare zu einem dicken Dutt zusammen und band das Ganze mit einem Haargummi fest. Ich holte Taschentücher und meinen kleinen Taschenspiegel heraus. Wir wischten uns die Schweißperlen und die dunklen Augenränder weg, und ich nahm mir vor, wasserfeste Mascara zu kaufen.

Yaren hatte mich in eine Gasse mit vielen Klamottenständen geschleppt. Es sah ein wenig wie auf einem Flohmarkt mit lauter Wühltischen aus. Überall hingen T-Shirts, Kleider und Jacken an Schnüren, daneben riesige Preisschilder. Als meine Cousine mich mit großen, erwartungsvollen Augen anstrahlte, versuchte ich zu lächeln, aber ich verstand überhaupt nicht, warum sie sich so freute. Dafür hatten wir alle Sehenswürdigkeiten links liegen lassen?

»Pass auf«, sagte Yaren. »Hier findest du alles, was du sonst bei Zara, H&M, Topshop, Bershka, Pull&Bear für das Fünffache, na ja, sagen wir, das Dreifache bekommen würdest.«

»Aha! Dann ist das wohl zweite Wahl«, sagte ich und rechnete mit kleinen Löchern, Laufmaschen oder fehlenden Knöpfen. Aber Yaren klärte mich auf. »Die meisten Sachen sind ja ›made in Turkey‹, und hier in der Terkos-Passage landen die Überproduktionen.« Und als ich einen Blick auf die Sachen auf dem Tisch gleich rechts neben mir warf, sagte sie: »Hier kaufen sogar viele Promis ein.«

Ich hob den Kopf und versuchte, mir über die Menschenmenge hinweg einen Überblick über die Gasse zu verschaffen. Ich konnte es nicht fassen. Hinten gab es auch noch Schmuck und richtig coole Tops und Kleider. Das war wirklich eine super Idee!

»Buyrun, buyrun kızlar«, rief ein jüngerer Mann mit schwarzen Locken, einem engen weißen Poloshirt und einer ausgewaschenen Jeans uns zu. »Herşey onbeşe! Buyrun!«

Was?, dachte ich. Alles nur fünfzehn Lira? Das waren nicht mal acht Euro! Meine Cousine und ich ließen uns nicht lange bitten, wir stürzten uns ins Gedränge und wühlten uns durch die Tische, bestimmt zwei Mal die ganze Gasse rauf und runter.

Wir hatten wirklich viel Spaß. Yaren war echt schlau. Die beste Ablenkung gegen Liebeskummer, zumindest vorübergehend, ist Shopping.

»Schau mal, steht mir das?« Yaren zog sich die Tops einfach über ihr Kleid, um zu sehen, ob sie ihr passten. Einmal probierte sie sogar Shorts an und zog hinterher den Rockteil ihres Kleides hoch, um mich zu fragen, ob sie ihr passten. Die Shorts standen ihr wirklich gut. Nicht nur ich, auch einige bärtige Verkäufer um uns herum schauten zu und bestätigten Yaren, dass die Shorts ihre Figur perfekt zur Geltung brachten. Ich war ganz schön misstrauisch und machte mich auf dumme Anmache gefasst, aber die blieb tatsächlich aus.

»Ich glaub es nicht!«, rief ich immer wieder. Ich fand ein grünes Sommerkleid, das ich mir in Deutschland nicht hatte leisten können. 98 Euro hatte es dort gekostet, und hier, hier wollten sie für das gleiche Stück nur 50 Lira haben. Das waren umgerechnet weniger als 25 Euro! Ich wollte es sofort kaufen und griff in meine Tasche.

Yaren schnappte es mir weg und gab mir einen Schubs. »Elbise ne kadar?«, fragte sie den Mann.

Der wirkte etwas sauer, weil er mir ja gerade gesagt hatte, was das Kleid kostete, und so antwortete er widerwillig.

»Otuza alırız!«, sagte Yaren.

Jetzt wollte ich ihr einen Schubs geben. »Spinnst du?«, hätte ich beinahe gerufen, aber ich hielt mich zurück. Dreißig wollte sie zahlen.

»Olmaz abla«, lehnte der Mann bestimmt ab.

Aber Yaren feilschte verbissen. Ich sah mein Schnäppchen dahinschwinden.

»Okay!« Plötzlich legte Yaren mein schönes Sommerkleid zur Seite, warf ihren Kopf eingeschnappt nach hinten und ging los. »Dann lassen wir es. Dort hinten gibt es die gleiche Ware für viel weniger. Komm, Tuana!«

Aber ich konnte mich nicht bewegen. Ich sah Yaren an und dann den Verkäufer. Ich wollte nicht gehen, denn ich wusste, dass Yaren log. Wir hatten ja alle Stände bereits abgeklappert. Das Kleid hatte ich nirgendwo sonst gesehen. Es war vermutlich das Dümmste, was man in einer solchen Situation tun konnte, aber ich sah den Mann verzweifelt an. Plötzlich rief er Yaren zurück. »Kırk ver, tamam olsun!« Meine Cousine zwinkerte mir zu und grinste selbstbewusst. Sie dachte bestimmt, dass es ihrer Feilschmethode zu verdanken war, aber ich war mir nicht sicher, ob der Verkäufer nicht nur deswegen weich geworden war, weil ich ihm leidtat. Jedenfalls schnappte ich mir sofort das Kleid, das der Mann bereits in die fleischfarbene Plastiktüte gepackt hatte. Ich durchwühlte meine Tasche nach meinem Portemonnaie, als ich aus den Augenwinkeln sah, wie Yaren die 40 Lira bezahlte. »Warte«, sagte ich und zählte die Scheine, die ich meiner Cousine geben wollte. »Das ist von mir!«, sagte sie, und obwohl ich immer wieder wiederholte, dass ich es nicht annehmen könnte, bestand Yaren darauf.

Das Kleid war das Highlight des Tages. Ich freute mich riesig darüber. Wahrscheinlich viel mehr, als sich Yaren über mein Geschenk gefreut hatte, das ich ihr gestern Nacht gegeben hatte. Wir hatten zwar beide noch je drei Tüten voll mit schicken Tops, coolen T-Shirts, Modeschmuck und knappen Sommershorts gekauft, aber das Kleid war einfach ein Traum. »Danke, canım!«

Yaren war so süß. Ich war richtig froh, dass ich sie hatte. Was hätte ich denn ohne sie gemacht? Jetzt, wo es offensichtlich aus war mit Noyan, ohne dass es je begonnen hatte.

Als wir die Terkos-Pasajı verließen, war es schon etwa halb fünf. Wir hatten den ganzen Nachmittag mit Schnäppchenjagen verbracht, und nun knurrte auch mein Magen. Yaren führte uns zu einem gemütlichen Restaurant, in dem man am Büfett aus vielen Leckereien wählen konnte.

»Hmm, ich will am liebsten von allem probieren.« Ich wurde richtig gierig. Lauter kalte und warme Vorspeisen waren auf einer Theke in riesigen Schalen angerichtet. Yaren ließ mich zuerst gehen, und ich kam mit einem großen bunten Teller zurück. Meine arme Cousine musste inzwischen am Verhungern sein. Sie hatte ja schon vor unserem Shopping-Anfall Magenknurren gehabt. Sie sprang sofort auf, als ich meinen Teller auf unserem Tisch abstellte.

Ich faltete gerade meine Serviette auseinander, da ertönte

plötzlich seine Melodie. Mein Herz wurde auf einmal zu einem unkontrollierbaren wilden Etwas, und ich griff zitternd nach meinem Handy.

WhatsApp'de ulaşamadım sana, Tuana ... Gözlerine tekrar dalabilmek için neler vermezdim.

Mir schossen Tränen in die Augen. Vor Rührung, vor Liebe, vor Wut und Schmerz.

Wie konnte er mir solche Sätze schreiben, während er ein anderes Mädchen küsste? Es konnte doch nicht sein. Jungs konnten fies sein, verlogen und böse, aber so etwas, so etwas machte man doch nicht! Was hatte ich ihm getan? Was hatte er davon, wenn er mir jetzt schrieb, dass er alles dafür geben würde, um nur wieder in meine Augen zu blicken, in sie eintauchen zu können? Er musste ein fieser Sadist sein, aber das konnte ich mir einfach nicht vorstellen.

Außerdem schrieb er, dass er mich über WhatsApp nicht hatte erreichen können. Deswegen die SMS. Verdammt! Sofort schaltete ich mein Smartphone aus. Mir fiel wieder ein, dass ich am Morgen, als wir das Haus verließen, mit Yaren eine türkische Handykarte gekauft hatte. Ich rubbelte die PIN-Nummer frei. Gerade als ich die neue Karte einsetzte, kam meine Cousine mit ihrem vollen Teller zurück.

»Ach ja«, sagte sie. »Die hatte ich ja ganz vergessen. Aber du hättest doch schon anfangen können mit dem Essen.«

Ich schaute kurz auf, schüttelte den Kopf und schaltete mein Handy wieder ein. »Er hat geschrieben!«, sagte ich.

»Wer?«

»Na, Noyan!«

Als Yaren seinen Namen hörte, verzog sich ihr Gesicht.

»Aha! Und – was schreibt er?«

»Er will mich immer noch sehen«, antwortete ich. »Und ich, ich werde ihn treffen.«

»Tuana!« Yarens Stimme wurde seltsam streng. »Das darfst du nicht!«

Ich sah sie verständnislos an.

»Glaub mir«, sagte sie. »Du wirst dir nur noch mehr Schmerz zufügen. Das will ich nicht.«

Ich konnte nur den Kopf schütteln. Ich musste ihn sehen.

»Du musst mir versprechen, dass du ihn nicht triffst«, sagte meine Cousine eindringlich und sah mir dabei ernst in die Augen.

»Das kann ich nicht, Yaren! Hör bitte auf!« Ich wollte das Thema beenden, aber Yaren hatte von diesem Augenblick an nur noch schlechte Laune. Es war ja nett von ihr, dass sie sich solche Sorgen um mich machte, aber was ich tat, war und blieb immer noch meine Sache. Trotzdem beschloss ich, Noyan erst zu schreiben, wenn ich wieder alleine war.

Yakamoz 4

29.7.

Ich habe es nicht geschafft. Warum erzählst du es mir nicht? Ich kann es nicht klären, wenn ich nicht weiß, was passiert ist. Testest du mich? Gib mir eine Chance, gib uns eine Chance. Es

hat doch gerade erst begonnen, unser »Wir«. Dein Vertrauen ist erloschen, noch bevor ich eine Chance hatte.
Ich wünschte, du hörtest auf dein Herz, das ich in deinen Augen sehen kann.

Kapitel 9

»In deine Augen eintauchen …« Seine Worte verdrehten mir den Kopf. Mir war schwindlig, irgendwie erschien alles unwirklich, und ich sehnte mich danach, allein zu sein.

Ich war Yaren dankbar, dass sie mich so lieb durch den furchtbarsten Tag meines Lebens begleitet hatte, aber trotzdem konnte ich es kaum abwarten, bis sie und meine Tante ihre Sachen zusammengepackt und gegangen waren. Meiner Oma erzählte ich, dass ich müde wäre und früh ins Bett gehen wollte. Natürlich nachdem ich ihr vorher beim Einräumen der Spülmaschine geholfen hatte. Und natürlich hatte ich davor die fröhliche Enkelin und Nichte gespielt und mit Yaren unsere schicken Errungenschaften aus Beyoğlu vorgeführt. Meine Oma fand alles schön, nur die kurzen Shorts haben ihr, glaube ich, nicht so gut gefallen.

Ich fühlte mich hin- und hergerissen. Da war dieses alte vertraute Gefühl, das mich seit unserer ersten Begegnung immer begleitet hatte, da war die große Liebe zu Noyan, und auf der anderen Seite waren Yarens Schilderungen, die mir in meiner Phantasie die schlimmsten Szenen vorspielten. Er und ein anderes Mädchen, das er im Arm hielt, das er leidenschaftlich küsste. Mir stockte der Atem, es waren Höllenqualen, die ich keinem wünschte.

Ich musste mit ihm reden, ihn nach der Wahrheit fragen und ihm dabei in die Augen sehen. Sonst würde ich es nicht aushalten, und so könnte ich auch nicht nach Deutschland zurückkehren. Keine Antworten, nur ein gebrochenes Herz im Gepäck. Dabei hätten es wunderschöne Erinnerungen sein sollen.

Am liebsten hätte ich die Zeit zurückgedreht und das Gespräch mit Yaren gestern Abend ungeschehen gemacht. Ich wünschte mir so sehr, dass sie sich geirrt hatte, dass es irgendeine plausible Erklärung gab. Okay, eine Schwester oder eine normale Freundin küsste man nicht auf den Mund, jedenfalls nicht so wie das Mädchen, das man liebte. Und ich glaubte nicht, dass sich Yaren geirrt hatte. Ich wusste, dass sie einen normalen von einem leidenschaftlichen Kuss unterscheiden konnte, aber trotzdem hoffte ich auf ein Wunder.

Slm Noyan, bu benim yeni numaram. Ben İstanbul'dayım. Seninle yarın görüşebilir miyiz? Tuana

Ich schrieb ihm ganz nüchtern, dass dies meine neue Nummer sei. Ohne große Worte verriet ich ihm, dass ich in Istanbul war, und fragte ihn, ob wir uns morgen sehen könnten. Das war's. Was hätte ich sonst schreiben sollen? Auf die große Überraschung hatte ich keine Lust mehr, alle Freude war mir vergangen. Wut, Verzweiflung und Verletztheit überschatteten meine Aufregung. Natürlich konnte ich nicht leugnen, dass mein Herz Purzelbäume schlug, wenn ich daran dachte, dass ich ihn vielleicht schon am nächsten Tag sehen könnte.

»Tuana, kızım, telefon!«

Meine Oma klopfte an meine Tür. Ach, Mann! Wer konnte das denn sein? Ich hatte zwar mitbekommen, dass meine Oma die ganze Zeit schon telefoniert hatte, aber ich hatte nicht heraushören können, wer es war. Meine Oma sprach sehr laut, umso mehr, je schlechter sie hörte.

»Yaren seni istiyor«, sagte meine Babaanne, als sie mir das Telefon reichte. Aber warum sah sie mich so seltsam an? Ihre Augenbrauen waren zusammengezogen, ihre Stirn warf Zornesfalten, und sie wich meinem Blick aus. Mit meiner Cousine hatte sie also gesprochen. Ob Yaren sie verärgert hatte? Es waren inzwischen vielleicht zwei, drei Stunden vergangen, seit sie und meine Tante gegangen waren. Sie mussten also schon zu Hause in Mecidiyeköy angekommen sein.

»Yaren? Merhaba, canım!« Ich begrüßte meine Cousine, konnte aber meine Verwunderung in der Stimme nicht unterdrücken. Ob sie etwas vergessen hatte?

»Hi, Tuana! Ich wollte nur fragen, wie es dir geht.«

Oh, dachte ich. Ich war gerührt. Wie besorgt sie um mich war. »Danke, mein Schatz, alles gut. Ich komme schon klar.«

»Gut«, sagte Yaren, aber ich merkte, dass sie noch etwas loswerden wollte. Nach einigen Sekunden des Schweigens rückte sie schließlich damit heraus. »Und? Was hast du morgen vor?«

»Weiß noch nicht«, antwortete ich. Mir war klar, dass sie herausfinden wollte, ob ich mich mit Noyan treffen würde. Vielleicht lag es an meiner Tante, dass Yaren nicht direkt fragte. Ich hatte sie gebeten, noch keinem davon zu erzählen. Vielleicht wollte sie auch nicht aufdringlich sein.

»Mal sehen«, ergänzte ich so bedeutungsvoll wie möglich. Ich hoffte, sie würde meine verschlüsselte Antwort so verstehen, dass Noyan sich noch nicht gemeldet hatte.

»Hm.« Yaren schwieg einen Augenblick. Dann holte sie Luft. »Tu es nicht, okay?«

»Was?« Ich lachte laut, weil ich nicht so richtig wusste, was ich darauf sagen sollte. Yaren nervte. Warum wollte sie das Treffen mit Noyan unbedingt verhindern? Ich war kein Kind mehr und konnte schließlich selbst einschätzen, welchen Schmerz ich für meine Liebe auf mich nehmen wollte. Ihre Fürsorge war nett, aber sie durfte es nicht übertreiben. Und ich hatte langsam das Gefühl, dass Yaren sich zu sehr einmischte, ja, mich irgendwie überbehütete.

»Na gut«, sagte Yaren vorsichtig. »Dann … dann will ich mal Schluss machen.« Sie lachte auf einmal und versuchte, normal zu klingen. »Muss ja morgen zum Kurs und früh aufstehen.«

»Danke, Yaren!«, sagte ich. Ich wollte ihr unbedingt noch einmal gedankt haben, bevor wir auflegten.

»Wofür?«

»Na, für den schönen Tag, deine Besorgnis und … und das schöne Kleid natürlich!«

»Ach, ist doch klar!«, sagte Yaren. Endlich klang ihre Stimme normal, und ich hatte wieder ein gutes Gefühl.

Ich brachte das Telefon ins Wohnzimmer zur Ladestation. Meine Oma hatte inzwischen ihren Gebetsumhang umgelegt und angefangen zu beten. Das kam mir gelegen, und ich zog mich wieder in mein Zimmer zurück, schloss die Tür und holte schnell mein Smartphone hervor. Wow! Ich konnte es nicht fassen. Er hatte diesmal sofort geantwortet.

> Tuana?! İnanamıyorum! Neredesin? Ne zaman geldin, neden haberim yok? Seni hemen görmeliyim. İstediğin yere gelirim. Sabah görüşelim, olur mu? Dershanenin bitmesini bekleyemem!

O mein Gott! Mir stockte der Atem. Was hatte ich angerichtet? Er wollte mich gleich am nächsten Morgen sehen. Vermutlich wollte er schwänzen, weil er schrieb, er könne nicht warten, bis sein Kurs zu Ende ist. Was sollte ich nun tun? Und dann auch noch diese Fragen! *Wo bist du? Seit wann bist du da, und warum weiß ich von nichts?* Er konnte es nicht glauben, dass ich in Istanbul war, und ich konnte es nicht glauben, dass nun der Zeitpunkt unseres Wiedersehens kurz bevorstand. Plötzlich wurde ich panisch. Ich ging im Zimmer auf und ab. »O mein Gott«, murmelte ich vor mich hin. »Oh, bitte hilf mir!«

So vieles ging mir durch den Kopf. Wie sollte ich ihn fragen, was ich von ihm wissen wollte? Wie sollte ich mich verhalten? Wie sollte ich es schaffen, in seine Augen zu sehen und nicht dahinzuschmelzen? Und was sollte ich überhaupt anziehen? Wirklich die neue Jeans, wie ich es seit Monaten geplant hatte, oder das tolle neue Kleid, das ich von Yaren bekommen hatte?

Ich sah in den verschnörkelten silbernen Spiegel, der auf der antiken Kommode auf einem schneeweißen Häkeldeckchen stand. Meine Augenlider fühlten sich noch etwas schwer an, waren immer noch ein wenig geschwollen und brannten. Ich musste morgen unbedingt ausschlafen und genügend Zeit haben, um mich fertig zu machen, ganz ohne Hektik. Also beschloss ich, ihm zu schreiben, dass wir uns lieber nachmittags treffen sollten.

Meine Wut und mein Schmerz wichen immer mehr meiner Aufregung. Ich war ein einziges Nervenbündel.

Noyan, ben babaannemin yanında kalıyorum. Sabah gelemem, ama istersen saat üç'te buluşalım. Mecidiyeköy'e gelebilirim.

Ich schrieb so sachlich wie möglich. Ich schlug ihm vor, dass wir uns um fünfzehn Uhr in Mecidiyeköy, also bei ihm im Viertel, treffen könnten. Nicht eine Minute verging, da ertönte schon sein Lied. Bevor ich aber seine Nachricht las, schloss ich die Augen und lauschte seiner Melodie bis zum Schluss. Nun war es also so weit, nun würde ich ihn wiedersehen.

Tuana! Deli olacağım neredeyse. Tamam, seni saat üçte Mecidiyeköy otobüs durağından alacağım. Cebini unutma sakın ve lütfen geç kalma ;-)

Er schrieb, dass er sich total freute und mich um drei Uhr an der Bushaltestelle abholen würde. Ich solle mein Handy nicht vergessen und mich bloß nicht verspäten. Egal, wie weh es tat, ich drückte seine Worte fest an mein Herz. Noyan!

Kapitel 10

»Also, Mama, wirklich! Was soll das denn? Ich weiß gar nicht, was sie hat. Seit gestern Abend ist sie auf einmal so seltsam zu mir.«

Meine Mutter ermahnte mich am anderen Ende der Leitung leise, nicht so aufgeregt zu sprechen. Auch wenn meine Babaanne seit ihrer Rückkehr aus Deutschland kaum mehr Deutsch verstand – sie sollte auf keinen Fall merken, dass ich mich über sie beschwerte. Aber was konnte ich dafür? Ich war so aufgebracht.

»Ja, ich hab ihr immer geholfen!« Ich verdrehte genervt die Augen. »Und ich hab ihr auch nichts getan!«

»Dann hör doch auf sie. Bleib zu Hause. Du kannst ja auch morgen rausgehen. Außerdem finde ich es ohnehin nicht so gut, wenn du ganz allein unterwegs bist. Wir haben doch schon darüber geredet. Istanbul ist so groß.«

»Mama!«, protestierte ich. »Warum bin ich denn hier? Dachtet ihr, ich hocke die ganzen fünf Wochen mit Oma herum und häkele mit ihr Deckchen, oder was?«

»Pst, beruhige dich«, sagte meine Mutter. »Deine Oma ist alt, vielleicht fühlt sie sich nicht wohl heute, vielleicht macht sie sich auch einfach nur Sorgen?«

»Ihr geht es besser als gestern«, wandte ich ein. »Und

als ich mit Yaren unterwegs war, hatte sie nichts dagegen. Sie sagt auch nichts, wenn Yaren allein unterwegs ist oder abends spät nach Hause kommt. Nur bei mir stellt sie sich jetzt an.«

Ich konnte mich einfach nicht beruhigen. Ich konnte nicht verstehen, wie meine Oma auf einmal auf die Idee kam, dass sie mir sagen könnte, was ich tun darf und was nicht.

»Sie fühlt sich verantwortlich für dich. Hast du mal versucht, mit ihr zu reden?« Meine Mutter seufzte. Sie hörte sich verzweifelt an und wusste offensichtlich nicht weiter.

»Mama, ja! Bitte rede du mit ihr«, bettelte ich.

»Was willst du eigentlich machen, so allein?«

»Hallo? Ich will einfach ein bisschen bummeln. Ich fahre nicht weit, nur bis Kadıköy, und später treffe ich vielleicht Yaren. Ich bin fünfzehn!«

»Hm«, sagte meine Mutter. Sie hörte sich nicht sehr überzeugt an. »Bist du sicher, dass du nichts anderes vorhast?«

Ich schluckte. Mir fiel der Blick meiner Mutter am Flughafen ein, als sie das Herrenparfüm in meinem Koffer entdeckt hatte. Ich musste jetzt auf meinen Ton achten und durfte mich auf keinen Fall räuspern oder verschlucken und husten oder so. Das würde mich bestimmt verraten. Eine Schweißperle kullerte mir die Wirbelsäule entlang.

»Mama!«, rief ich. Dieses Mal hörte es sich nicht mehr bettelnd, sondern bestimmt an. »Was soll das? Es ist, wie ich sage, und ich will hier nicht eingesperrt sein!«

Für eine Weile wurde es auf der anderen Seite der Leitung still. Ich wurde unruhig. »Mama?«

»Ja, bin noch da. Natürlich sollst du dich nicht eingesperrt fühlen«, sagte sie. Meine Mutter schien nachgedacht und sich entspannt zu haben. »Ich rede mit deiner Oma. Aber versprich mir, dass du auf dich aufpasst, ja?«

»Danke, Mama! Ich kenne mich schon etwas aus, und wenn ich nicht weiterkomme, rufe ich Yaren an. Mach dir keine Sorgen!«

Ich reichte meiner Oma das Telefon. Sie hatte die ganze Zeit auf der Couch gesessen und gehäkelt und dabei total teilnahmslos getan. Ich wusste aber genau, dass sie angestrengt versucht hatte, etwas zu verstehen.

Wortlos nahm sie mir den Hörer ab. Sie fuhr mit dem Zeigefinger über ihr Ohr und klemmte damit das Kopftuch dahinter, so, wie man es auch mit Haarsträhnen macht, wenn man sie aus dem Gesicht haben will. Meine Babaanne tat dies aber, um besser zu hören. »Efendim, kızım?«

Ich hörte nicht, was meine Mutter sagte. Meine Oma lauschte mit strengem Blick. »Evet – evet – tamam – eh, öyle olsun – siz bilirsiniz – tamam – güle, güle kızım!«

Als sie auflegte, wusste ich nicht so richtig, wie ich mich verhalten sollte. Offensichtlich hatte meine Mutter sie überredet. Auf keinen Fall wollte ich mich bei meiner Oma bedanken. Sie hatte kein Recht, mir zu sagen, was ich tun und lassen durfte. Außerdem wäre ich auch ohne ihre Zustimmung rausgegangen, aber ich wollte sie nicht beleidigen und mich auch nicht mit ihr verkrachen. Nur deswegen hatte ich eingewilligt, meine Mutter anzurufen.

»Deine Mutter sagt, dass du gehen kannst«, sagte meine

Oma kurz angebunden und immer noch mit gerunzelter Stirn.

Ich nickte ernst. Ich wollte nicht frech, aber auch nicht dankbar wirken.

»Pass aber auf und ruf mich an, wenn du wieder nach Hause unterwegs bist«, sagte sie. »Und sei spätestens um sieben wieder hier.«

»Ich rufe dich an«, antwortete ich ärgerlich. Sie konnte es wohl nicht lassen! Ich nahm meine Tasche, ging in den Flur, wo ich in meine Sandalen schlüpfte, und öffnete die Tür. Als ich mich umdrehte, stand meine Oma hinter mir. Ihr Gesicht sah aus wie ein einsamer, trostloser Kummerkasten. Sie machte sich wirklich Sorgen um mich. Ihre Wangen wirkten richtig eingefallen, und ihre ergrauten Pupillen blickten mich aus tiefen Augenhöhlen erwartungsvoll an. Das tat mir total leid.

»Korkma, babaanne. Sonra görüşürüz!«, sagte ich so lieb und verständnisvoll, wie ich konnte. Na gut! Ich nahm ihr faltiges kleines Gesicht in meine Hände und küsste sie auf die Nase. So wie immer.

Sie lächelte wie ein eingeschnapptes Kleinkind. Endlich lockerte sich ihre Mimik. Das war der passende Moment, das zu tun, was ich schon als kleines Kind immer getan hatte, um sie zu necken und zum Lachen zu bringen. Ich griff ihr Kopftuch oben an der Stirn und zog es ihr übers Gesicht. Babaanne rückte lachend ihr Tuch zurecht und hob aus Spaß die Hand, als wollte sie mir eine wischen. »Na warte«, sagte sie. Ich flitzte aus der Tür, grinste sie im Treppenhaus verschmitzt an und war gerade die ersten beiden Stufen hinuntergegangen, da rief mich meine Oma zurück. »Warte!«

O nein, dachte ich. Was würde jetzt noch kommen?

»Ich habe mal mit Mustafa bey gesprochen wegen … ähm … deinem Inn… ähm … Inntärrnat.«

»Wegen was?« Ich wusste nicht, was meine Oma meinte.

»Ich weiß nicht, wie ihr das nennt. Das, was ihr am Computer macht«, sagte sie leise.

Ich stand auf dem Schlauch. Was meinte sie? Ich wollte nun wirklich gehen und wurde langsam ungeduldig.

»Inn-tärr-nat«, wiederholte meine Oma vorsichtig.

»Ach, Internet meinst du.« Ich lachte. Wie süß! Meine Oma sah zu Boden. »Danke, Babaanne«, sagte ich. »Und? Was meint Mustafa bey dazu?«

»Er will sich mal umhören und sich morgen bei uns melden.«

»Super!« Ich gab meiner Oma einen Kuss und beschloss, doch mit dem Fahrstuhl zu fahren.

Als ich unten angekommen war, meldete sich meine Oma schon wieder. »Kızım!«, rief sie vom Balkon herunter und wedelte mit einer Tüte hin und her.

»Du brauchst ein Akbil.«

»Oh, ja. Danke«, rief ich zurück. Das Akbil war in der Tüte, die mir meine Oma hinunterwarf. Ich kannte das schon. Es war so ein kleines Plastikteil mit einem metallischen Knopf vorne, den man beim Einsteigen in den Bus oder in die Fähre an eine Stelle auf einem Gerät drücken musste. Dann piepste es, und das bedeutete, dass man bezahlt hatte und mitfahren durfte.

Ich hatte es total vergessen und war wirklich froh, dass meine Oma daran gedacht hatte. Sonst hätte ich nicht in den Bus einsteigen können, der fast vor der Haustür hielt, sondern hätte einen Dolmuş nehmen müssen. Und dafür hätte ich die Straße ein ganzes Stück hinunterlaufen müssen. Eigentlich wäre ich mit einem Dolmuş, das waren ständig hupende Minibusse, in denen man für Geld mitfahren konnte wie in einem Sammeltaxi, schneller angekommen. Aber ich hatte bei dreiunddreißig Grad keine Lust, viel zu laufen und Noyan hinterher total verschwitzt zu begegnen. Ohnehin hatte ich das Gefühl, dass ich viel mehr schwitzte als die Leute hier. Ich war das heiße Wetter wohl nicht so gewohnt wie sie.

An der Haltestelle sah ich auf die Uhr. War ich erleichtert! Zum Glück war ich doch noch zeitig herausgekommen.

Ich musste mich erst einmal orientieren. Meine ganze Aufregung in der Nacht und am Morgen hatte durch den Zwischenfall mit meiner Oma nicht gerade abgenommen. Wegen ihr hatte ich nicht mal ins Bad gehen und noch einmal einen letzten Blick in den Spiegel werfen können. Über mein Smartphone hatte ich gestern Nacht noch herausbekommen, wie ich genau fahren musste. Aber trotzdem war es meine erste Fahrt allein in Istanbul. Ich war mit Yaren nach Beyoğlu über Kadıköy gefahren, hatte dann dort die Fähre genommen und war noch ein paarmal umgestiegen.

Nach Mecidiyeköy musste ich anders fahren. Das lag wie Beyoğlu auch auf der anderen, auf der europäischen Seite in Istanbul. Zum Glück musste ich nur einmal umsteigen und konnte mit dem zweiten Bus direkt dorthin.

Der Bus war ganz schön voll. Ich drückte das Akbil an das Gerät am Eingang, so, wie es die anderen Fahrgäste auch taten. Nachdem es gepiepst hatte, ging ich bis nach hinten durch und fand einen leeren Sitzplatz. Es war seltsam, allein in Istanbul unterwegs zu sein. Ich fühlte mich einerseits wie eine Touristin im Urlaub, andererseits war mir alles doch so vertraut, und ich hatte das Gefühl, dass ich dazugehörte.

Ich holte mein Handy raus und sah nach, ob Noyan mir geschrieben hatte. Er hatte nicht geschrieben, aber er war eben erst in WhatsApp online gewesen. Sicher schaute er auch immer wieder nach, ob ich mich gemeldet hatte. Ich riss mich zusammen, um mich nicht in meinen Gedanken oder meinen Gefühlen zu verlieren. Ich durfte die Haltestelle nicht verpassen, an der ich umsteigen musste.

Es war erstaunlich, ich fühlte mich beschwingt und fröhlich und war total aufgeregt. Schließlich war der lang ersehnte Tag endlich gekommen. Ich würde ihn treffen. Klar, in meinem Kopf und in meinem Herzen war Noyan all die Monate seit unserer ersten Begegnung mit Freude, Herzklopfen und Schmetterlingen im Bauch verknüpft gewesen. Und das spulte mein Gehirn jetzt ab. Der Schmerz, die Trauer, das war neu. Aber sie waren da, sie lauerten im Hinterhalt. Sie versetzten mir immer wieder aufs Neue einen Stich ins

Herz, gerade dann, wenn ich mich dabei ertappte, vor Glück vor mich hin zu lächeln.

Kadıköy war zum Glück ein großes Zentrum direkt am Meer, und ich erkannte es sofort, als wir dort ankamen. Außerdem war es wohl die Endhaltestelle, weil alle ausstiegen. In Kadıköy strömte mir eine frische Meeresbrise entgegen. Und auch wenn es hier durch das Wasser noch schwüler war als bei meiner Oma in Acıbadem, fühlte es sich irgendwie viel frischer und weiter an. Als würde einem die Welt zu Füßen liegen. Allein der Blick auf das Meer gab mir ein Gefühl der Freiheit. Die Möwen schwebten über den großen Fähren auf dem weiten Meer oder umkreisten die vielen Boote am Ufer. Auf einigen Booten wurden Fische gebraten, und man bekam ein frisches Fischbrot mit Zwiebeln und Salat. Dieser Duft lud zum Verweilen ein, aber ich musste weiter und nahm mir vor, ein anderes Mal wiederzukommen. Ich sah mich um. Es gab hier rund um das Ufer viele Möglichkeiten, wegzukommen. Es gab einen Bahnhof in der Nähe und zwei Fährhäfen. Gerne wäre ich mit der Fähre zu Noyan gefahren. Aber es wäre ein Umweg gewesen. Da ich wusste, dass es hier auch mehrere Busbahnhöfe gab, fragte ich eine junge Frau.

Es war das erste Mal, dass ich in Istanbul jemanden ansprach. Es kam mir vor, als würde ich eine Fremdsprache sprechen. Ich wunderte mich über mich selbst. Obwohl ich wusste, wie ich fragen musste, versprach ich mich ein paarmal. Zum Glück verstand mich die Frau trotzdem und zeigte mir den richtigen Bahnhof für meinen Bus nach Mecidiyeköy.

Als ich ihn gefunden hatte und drin saß, hatte ich auf einmal das Gefühl, als hätte ich mehrere Herzen im Körper, so deutlich spürte ich das Schlagen. Ich war total aufgewühlt. Noyan! Gleich würde ich ihn sehen. Nur noch diese eine Busfahrt trennte uns. Die Brücke über den Bosporus lag noch zwischen uns. Obwohl sie wegen des Verkehrs immer schwer zu überqueren war, wäre das die letzte und eine leichte Hürde, die ich zu nehmen hatte – aber da war dieses andere Mädchen, dieser Kuss, von dem ich hoffte, dass er bloß ein dummer Irrtum war. Mir schossen Tränen in die Augen, aber ich fasste mich sofort wieder. Nicht weinen, bloß nicht weinen!, sagte ich mir immer wieder.

Wenn ich einmal geweint hatte, da kannte ich mich, waren die nächsten Tränen nicht mehr so leicht zurückzuhalten. Und nachher, neben Noyan, durfte ich auf keinen Fall welche vergießen. Ich holte meinen Spiegel heraus und tupfte mir mit einem Taschentuch die Augenränder trocken. Auf der Einfahrt zur Brücke stockte der Verkehr.

Ich dachte, ich käme nie an. Es war eine halbe Weltreise. Und es war inzwischen halb drei, obwohl ich schon so um eins aus dem Haus gegangen war. Hoffentlich verspätete ich mich nicht! Ich nutzte die restliche Fahrt, um mir die Schweißperlen auf der Stirn abzutupfen und so unauffällig wie möglich meinen Lippenstift aufzufrischen, denn ich hatte das Gefühl, dass ich ohnehin irgendwie auffiel. Ich weiß nicht, warum, aber die Leute sahen mich alle an, ich kann nicht sagen, wie. Von Anfang an. Wirkte ich so fremd, wie ich mich fühlte? Merkte man mir an, dass ich nicht von hier war?

Der Stau schien undurchdringlich. Überall große, glänzende Bonzenautos, gelbe Taxen, Dolmuş. Fuhren sie im normalen Straßenverkehr noch kreuz und quer, reihten sie sich auf der Einfahrt zur Brücke in Reih und Glied. Jeder hatte seinen Platz, hier die Pkws, dort die Laster und in der Spur rechts Busse und Metrobusse. Die Brücke war voll, und es ging immer nur stoßweise vorwärts. Halten, weiterfahren, halten, weiterfahren. Dieses Schaukeln machte mich müde, und ich hoffte nur, dass wir bald drüben wären. Später fiel mir auf, dass ich so aufgeregt war und mich so sehr darauf konzentriert hatte, bloß schnell voranzukommen, dass ich gar nicht auf die tolle Aussicht auf den Bosporus geachtet hatte.

Als die Brücke endlich überwunden war, löste sich der stockende Verkehr allmählich auf. Es schien, dass es hier nur darauf ankam, eine Nische zu finden und so alle anderen zu überholen, ob mit Blinker oder nicht. Obwohl es chaotisch war, ging es auf einmal ganz schnell. Der Busfahrer drückte aufs Gas. Bunte Häuserfassaden, riesige Plakate, blinkend funkelnde Leuchtreklame, Baustellen, Wolkenkratzer, alles zog in Windeseile an mir vorbei. O mein Gott! Der Bus fuhr um die eine Ecke, um die nächste, und dann, dann hielt er an. Es wurde still, die Zeit schien stehen geblieben zu sein. Alle verstummten, stiegen aus. Ich wusste nicht, was geschah, wie mir geschah. Ich blickte verwirrt um mich, nahm meine Tasche und folgte der Menge. Tat wie in Trance, was sie taten. War es nun so weit? Jetzt? Noyan, Noyan, Noyan, pochte mein Herz. Meine Augen suchten, mein Kopf wandte sich nach rechts, nach links. Würde ich ihn wiedererkennen? Und er mich? Wo war er?

Yakamoz 5

30.7.

Jetzt sind wir getrieben von der Zeit, die wieder verrinnt, und du hast Fragen, die nicht rasten wollen. Wir folgen jetzt den Wegen, ohne Plan, so wie sie kommen, und ich bin überwältigt von dir, und du, du kannst dich nicht fallen lassen.
Komm, folge mir und zweifle nicht.

30.7.

Deine Hand ist zart und doch scheu wie deine Blicke. Ich wünschte, dir Ruhe geben zu können, Geborgenheit.

Der Wind ist verwandt mit dir. Von den Weiten der Meere kommt er daher, so wie du von weit her gekommen bist, und er streift dein Haar. Du lächelst, streichst dir die Strähnen aus dem Gesicht. Das Leuchten in deinen Augen verrät es, du bist ein Kind des Meeres. Die Fähre wird langsamer, wir erreichen Land. Du wirkst fremd und schaust genau, was die Leute tun, wohin sie gehen. Ich fasse deine Hand und führe dich über den Holzsteg an Land. Morgen will ich mit dir Istanbul atmen, essen, riechen. Deine Sinne sind meine Gäste.

Kapitel 11

Ich hörte nichts mehr außer meinem Blut, wie es durch meinen Körper gepumpt wurde. Es war, als wäre ich in einem Aquarium. Stillstand. Nur meine Augen waren aktiv. Ich befand mich in einer anderen Zeit, an einem anderen Ort. Die Dimensionen hatten sich verschoben. Noyan. Wo war er nur? Überall waren Menschen. Autos, Busse, Taxen drängten sich durch den Verkehr. Würde er mich sitzen lassen? War er im letzten Moment doch zu dem anderen Mädchen gegangen?

»Tuana, Tuana!« Er war es! Er sprengte meine gläserne Hülle und befreite mich aus der Gefangenschaft. Ich rückte wieder ins Hier und Jetzt. Hupen, Motorengeräusche, Gespräche, Rufe – jetzt war ich wieder mittendrin. Er stand lächelnd auf der anderen Straßenseite und beobachtete mich. Unsere Blicke trafen sich und verbanden uns wie ein Tunnel, der nur einen Eingang und einen Ausgang hat. Die beiden Enden führen zwangsläufig zueinander, und so gingen wir aufeinander zu.

»Tuana!«

Seine Blicke hießen mich willkommen. Seine Finger berührten meine Hand, umfassten sie. Ich war atemlos. Gänsehaut überzog meinen Körper.

»Noyan!«

Die Sonne brannte auf uns herab, doch mich fröstelte auf einmal, und ich konnte nicht verhindern, dass mein Unterkiefer zitterte. Wie lange hatte ich diesen Moment herbeigesehnt! Seine Blicke durchdrangen mich, und mein Herz zerbrach fast dabei. Ich konnte nicht anders, ich lächelte nicht, ich strahlte. Er sah noch besser aus als in meiner Erinnerung. Ich schmolz dahin, obwohl ich fror.

»Hoşgeldin, Tuana!«

»Hoşbulduk!«, sagte ich, so wie es sich gehörte, wenn man willkommen geheißen wurde.

Ich weiß nicht, wie viele Minuten vergingen, aber ich hätte ewig in diesem Moment verharren können. Nie sollte er vorübergehen. Es war wie in einem Märchen, in dem der Prinz und die Prinzessin sich nach vielen Hindernissen endlich wiederhatten. Wir hatten uns wieder, zunächst, aber die Hürden waren nicht überwunden. Es war kein vollkommenes Märchen, auch wenn dieser Augenblick, unser Wiedersehen, vollkommen war. Ich beschloss, dass ich ihn mir nicht nehmen lassen würde.

»Du zitterst ja!«, stellte Noyan fest und legte mir seine Jeansjacke, die er dabeihatte, um die Schultern. Sofort umhüllte mich eine wohltuende Wärme, aber auch sein herrliches Parfüm.

»Komm«, sagte er und führte mich mit einem leichten Druck auf die Schulter weg von der Bushaltestelle. Es war, als traute er sich nicht, seinen Arm um mich zu legen.

Ich reichte ihm bis an den Hals. Ich war einen Meter achtundsechzig groß, also schätzte ich ihn auf mindestens eins achtzig. Wir überquerten einige Straßen, liefen durch zwei, drei Gassen und bogen ein paarmal ab. Unterwegs strahlten wir uns immer wieder wortlos an. Nur ab und zu sagte er so was wie »Hier«, »Dort lang«, »Hier müssen wir abbiegen« oder »Vorsicht«.

Wir betraten ein Café.

»Hier bin ich fast immer«, sagte Noyan. Später erfuhr ich, dass das Café in der Nähe seines Uni-Vorbereitungskurses lag. Es war eine Art Studentencafé, mit Billardtisch, Backgammon- und Okey-Spielen zum Ausleihen. Überall saßen junge Leute, die etwas spielten, Tee oder Kaffee tranken, sich unterhielten oder etwas lernten. Der Lärmpegel hielt sich in Grenzen. Ich hatte das Gefühl, dass die meisten sich kannten und sich hier heimisch fühlten. Erst als wir saßen, lächelte Noyan mich an und sagte den ersten längeren Satz.

»Seni tekrar göreceğimi hiç beklemiyordum. Ummaya bile cesaret edemiyordum!«

»Und du siehst, nun bin ich da!« Was sonst sollte ich darauf antworten? Er hätte nicht erwartet, dass er mich je wiedersehen würde. Das hätte er nicht zu hoffen gewagt.

Seine grünbraunen Augen bildeten eine Einheit mit seinem kakifarbenen Hemd, seine feinen hellbraunen Haare waren fast schulterlang und fielen locker um sein schmales, kantiges Gesicht. Er hatte einen kurzen Kinnbart. Seine feinen Lachfältchen um die Augen und um seine schönen Lippen hatten es mir angetan. Immer wenn ich ihn mir vorstellte, sah ich diese Lachfältchen. Sie gaben ihm etwas unheimlich Erwachsenes und Männliches. Ich konnte die Augen nicht von ihm lassen.

Er war schlank, und seine Arme verrieten einen schönen Körper mit nicht zu großen, aber definierten Muskeln. Seine Finger waren lang und wohlgeformt. Richtige Künstlerhände. Er sah so gut aus! Und er schien mir so vertraut, dass ich immer versuchte herauszufinden, woher das kam.

»Erzähl, wie geht es dir? Wie läuft's in der Schule? Was machst du eigentlich so, und wieso bist du plötzlich hier? Ist irgendetwas passiert?« Er grinste. »Du siehst, ich kenne dich kaum, ich weiß so wenig von dir!«

Ich lächelte. »Ja, du hast recht. Wir kennen uns nicht wirklich.« Wo sollte ich anfangen? »Mir geht es gut, und die Schule, na ja, geht so. Eigentlich ganz okay, bis auf die letzten paar Monate.«

Ich glaube, er verstand sofort, und grinste mich an. Ich aber hatte den Wink gar nicht beabsichtigt. Nun musste und wollte ich aufpassen und nicht verraten, dass ich wegen ihm gekommen war.

»Ich bin hier, weil meine Eltern meinten, ich sollte die Türkei mal ein bisschen besser kennenlernen.«

Es tat mir leid. Ich wollte nicht lügen. Ich hätte ihm so gerne gesagt, dass er der einzige Grund war, dass ich nur für ihn nach Istanbul geflogen war und die Reise monatelang vorbereitet hatte. Und nun? Warum musste unser Wiedersehen überschattet werden? Ich musste mich zusammenreißen. Ich durfte nicht schwach werden. Der passende Augenblick würde kommen. Ich musste die Wahrheit herausfinden. Für uns.

»Warum hast du mir nichts gesagt?«, fragte er mich und lächelte. Aber ein bisschen vorwurfsvoll klang er auch.

Es war seltsam. Wir redeten über Dinge, die gesagt und gefragt werden mussten. Aber da war eine andere Dimension über uns, über all dem, was gerade passierte. Alles war irgendwie unwirklich, obwohl ich mich nie lebendiger gefühlt hatte. Mehr als nur ein wahr gewordener Traum, es war wie eine Vorsehung. Unser Schicksal nahm seinen Lauf, und wir waren die Figuren, die dieses Spiel zu spielen hatten, verbunden miteinander durch diese unbeschreiblichen Gefühle.

»Ich … ich …« Meine Schultern hoben und senkten sich wie von selbst. Ich konnte nicht sagen, dass ich ihn hatte überraschen wollen, aber auch etwas anderes konnte ich nicht sagen. Er sah mich fragend an, wartend. Er schüttelte den Kopf, und ich überlegte gerade, wie ich von dieser Frage ablenken könnte, da stand sie plötzlich bei uns am Tisch.

»Selam, çocuklar!« Cool und frech klang ihre Stimme. Sie grinste kühl und selbstbewusst.

»Selam!«, sagte Noyan höflich, aber überrascht. Vielleicht eher irritiert.

»Was machst du denn hier?« Ich glaube, ich war noch irritierter als er. Warum war sie hier?

Kapitel 12

»Habt ihr euch endlich gefunden?!«, sagte Yaren. Es klang nicht wie eine freudige Feststellung. Sie lächelte zwar, aber ihr kühler Blick und ihre verzerrten Mundwinkel irritierten mich. Es kam mir vor, als hätte mich eine ältere Schwester bei etwas Verbotenem erwischt, und ich müsste Angst haben, dass sie mich verpetzt.

»Yaren?!« Wie hatte sie uns gefunden? Ich konnte es nicht glauben. Trotzdem erhob ich mich, um meiner Cousine einen Begrüßungskuss zu geben, aber sie wandte ihren Kopf ab. Ich setzte mich wieder und sah verständnislos zu Noyan. Dann winkte Yaren ein Mädchen zu uns herüber, holte sich einen Stuhl und setzte sich zu uns. »Das ist Sevda, meine Pampa«, sagte Yaren zu mir und stellte mich ihr als ihre Cousine aus Deutschland vor. »Deine was?« Ich kannte diesen Ausdruck gar nicht. Was sollte das heißen? Aber Yaren überhörte meine Frage. Erst später erfuhr ich, dass das so etwas wie »beste Freundin« bedeutet. Es war eine Abwandlung von Kanka, und das war wiederum die Abkürzung für Kankardeş, Blutsschwester oder -bruder.

Daran, dass Yaren ihre Pampa Noyan nicht vorstellte und die beiden sich kurz »Selam« sagten, merkte ich, dass Sevda und er sich wohl schon kannten. Yaren deutete ihrer

Freundin an, dass sie sich einen Stuhl nehmen und sich zu uns setzen sollte.

Es war eine unheimlich peinliche Situation. Für Noyan offensichtlich genauso wie für mich. Nachdem Yaren gekommen war, sagte Noyan kaum mehr ein Wort und sah oft auf seine Hände, die er auf dem Tisch abgelegt hatte. Nur wenn Yaren oder Sevda ihn direkt etwas fragten, antwortete er höflich, aber kurz und knapp. Er tat mir unheimlich leid. Und ich mir auch. Und für Yaren schämte ich mich. Was war nur in sie gefahren? Im Winter war sie freiwillig gegangen, damit Noyan und ich allein sein konnten. Und nun? Aber mit Noyan und Sevda am Tisch konnte und wollte ich Yaren auf keinen Fall fragen, was das sollte.

»Was machst du denn hier?«, wiederholte ich meine Frage und versuchte, dabei so freundlich wie möglich zu klingen. Das wollte ich auf jeden Fall wissen. Was hatte sie hier verloren? Warum war sie hier? Und was verdammt noch mal hatten sie und diese Sevda an? Ihre Röcke waren so kurz, dass ich rot wurde. Dagegen waren die knappen Shorts, die Yaren gestern gekauft hatte, eine Burka. Und ich, ich wirkte mit meinem neuen Kleid wie eine biedere Oma neben den beiden.

»Ich hänge hier immer ab«, sagte Yaren. »Hat Noyan das nicht erzählt?«

Auf einmal wurde mir übel. Was wollte sie mir damit sagen? Ich sah zu Noyan und schüttelte den Kopf. »Wir haben uns eben erst getroffen«, sagte ich irritiert und wollte ihn in Schutz nehmen. Dabei dachte ich gleichzeitig, dass er es mir aber auch vorher hätte sagen oder schreiben können. Und warum hatte meine Cousine mir nicht gesagt, dass Noyan und sie dieselbe Stammkneipe hatten?

»Ich hab hier meinen Uni-Vorbereitungskurs«, sagte Yaren, und es kümmerte sie offensichtlich gar nicht, was in mir vorging. Sie war doch nicht dumm, sie wusste ganz genau, was ich mich in dem Augenblick fragen musste. Noch gestern hatte sie versucht, mich mit dem Ausflug nach Beyoğlu wegen Noyan zu trösten und abzulenken. Es hatte den ganzen Tag über so viele Gelegenheiten gegeben, mir zu erzählen, dass sie Noyan sehr oft sah.

Ich bekam einen schrecklichen Verdacht. Yaren hatte sicher vermeiden wollen, dass ich schlimmere Dinge über Noyan erfuhr. Ich sah zu Noyan. Warum sagte er nichts? Sicher fürchtete er jetzt, dass mir Yaren alles über ihn erzählte. Vielleicht auch diese Sevda.

»Oh«, sagte Yaren. »Du hast das neue Kleid an!« Und dann erzählte sie Sevda und Noyan davon, wie sie es geschafft hatte, das Teil runterzuhandeln, weil ich es unbedingt haben wollte. Ich werde eigentlich nicht rot, und ich weiß nicht, ob ich es in dem Moment geworden bin, aber ich fühlte, wie ein Feuer in meinem Gesicht aufstieg.

»Ciks olmuş!«, sagte Sevda und musterte mich missgünstig von oben bis unten. Wieder verstand ich überhaupt nicht, was das heißen sollte. Diesmal sprang Yaren ein.

»Das heißt, dass es dir steht!«

Was war das nur für eine Sprache? Ich war verwirrt, fühlte mich fremd.

»Zeig mal, wie es von hinten aussieht«, forderte mich Sevda so selbstverständlich auf, als würde sie mich so lange kennen wie Yaren.

»Ganz normal«, sagte ich und hoffte, dass sie mich in Ruhe ließ.

»Komm«, drängte Yaren. »Steh doch mal auf.«

Ich weiß nicht, was mit mir geschah, ich war einfach total überfordert und konnte mich nicht wehren. Noyan saß da, ich hatte ihn endlich wiedergetroffen, kannte ihn aber kaum und wollte mich nicht blamieren. Da war Yaren, die sich seltsam verhielt, und diese Sevda, die mich die ganze Zeit so komisch beäugte. Zudem kannten sich alle drei, und ich war diejenige, die gar nichts wusste. Ich war die Fremde und verstand nicht, was da ablief. Wie betäubt fühlten sich meine Glieder an, als ich aufstand und mich einmal um meine Achse drehte. Eigentlich wäre ich am liebsten im Boden versunken. So herabgesetzt hatte ich mich, glaube ich, noch nie gefühlt. Ich ließ mich gleich wieder auf meinen Stuhl fallen und hätte mich ohrfeigen können, dass ich das mit mir machen ließ. »Ist sie nicht hübsch, meine Cousine?«, fragte Yaren. »Was sagst du, Noyan?«

Provozierte sie ihn? Das war verdammt noch mal meine Sache. Wenn hier jemand mit ihm abrechnen sollte, dann war ich das. Sie sollte sich da raushalten. Unsere Blicke trafen sich. Noyan lächelte mich an. »Sie ist wunderschön!«

Wie auf Kommando verzogen sich die Gesichter von Sevda und Yaren. »Schaut euch die beiden mal an«, sagte Sevda und verhinderte damit irgendeine Reaktion auf

Noyans Kompliment. Mir blieb nur, ihn kurz anzulächeln. Die beiden Mädchen, auf die Sevda deutete, kannte Yaren wohl auch, denn sie wusste, wie sie hießen. »Ach ja, Ceyda und Beliz.« Sie grinste verächtlich. »Die werden bald heiraten.«

»Die haben sich ihre Typen bei einer Partnervermittlung für Bedeckte geangelt.«

Die Mädchen konnten höchstens achtzehn sein. Ich wunderte mich nicht nur darüber, dass es eine solche Einrichtung gab und dass so junge und hübsche Mädchen es nötig hatten, dort Partner zu finden, sondern auch, dass sie gar keine Kopftücher trugen.

Yaren sah mir das Fragezeichen im Kopf wohl an. »Keine Sorge, die tragen ihre Kopftücher, wenn sie den Typen begegnen und wenn sie verheiratet sind.«

Sevda und Yaren schüttelten die Köpfe und grinsten sich dabei an.

»Voll die Apaçi!«, sagte Sevda, und ich erfuhr hinterher, dass es so etwas wie *Freaks* oder *uncoole Typen* bedeutete.

»Ceyda und Beliz heiraten noch nicht.« Noyan meldete sich zu Wort. »Ceyda will sich vielleicht verloben und auf jeden Fall erst nach der Uni heiraten. Und Beliz hat einen Freund.« Mehr sagte er nicht, aber es reichte, dass Yaren und ihre Pampa erst mal verstummten.

Ich hielt es nicht mehr aus. Plötzlich durchströmte mich Kraft, und ich weiß nicht, wie, aber ich nutzte die Gelegenheit, und ich schaffte es, mich aus dieser unmöglichen Situation zu befreien. »Ich möchte gerne an die frische Luft.«

Noyan sprang sofort auf. Mir wurde so warm ums Herz. Ich packte meine Tasche, und diesmal verzichtete *ich* darauf, meine Cousine oder diese furchtbare Sevda zum Abschied zu küssen.

»Wir sehen uns«, sagte ich zu Yaren.

Noyan war gleich zur Theke gegangen und hatte unsere Cola bezahlt, die wir gar nicht hatten austrinken können.

Noyan hielt mir die Tür auf. Unsere Blicke trafen sich kurz, aber wir sahen beide schnell weg. Draußen lief ich einfach los. Ich hatte keine Ahnung, in welche Richtung ich gehen sollte. Noyan lief neben mir her, ohne den Weg vorzugeben. Wir sagten beide kein Wort. Was war da eben passiert? Mir kreisten so viele Fragen im Kopf herum, aber ich konnte keinen klaren Gedanken fassen, geschweige denn einen Satz bilden. Ich hatte alles gegeben, um ihn wiederzusehen, und war sicher gewesen, dass Noyan auf mich warten und dass Yaren uns unterstützen würde. Und nun? Jetzt war alles anders. Er küsste offensichtlich andere Mädchen, Yaren erkannte ich nicht wieder, und … Meine düsteren Gedanken passten gar nicht zu dem, was um mich herum war. Es war Sommer, ich war in Istanbul, und Noyan ging neben mir!

»Tuana?«

Ich blieb stehen, sah ihn an, versuchte, dabei zu lächeln. Ich fühlte mich klein, wie eine Versagerin irgendwie. »Danke, dass du mitgekommen bist.« Das wollte ich ihm unbedingt sagen.

»Aber …« Noyan schwieg kurz und sah zu Boden. Dann

blickte er mir tief in die Augen. »Das ist doch klar, wir … ich meine … wir gehören doch zusammen.«

Ich schluckte. »Wirklich?«

»Warum fragst du das?«

»Du denkst, wir gehören zusammen?« Es kostete mich so viel Kraft, das zu sagen, aber ich zwang mich, in seine Augen zu blicken.

Er wirkte verstört, und er konnte kaum meinem Blick standhalten. Er schüttelte den Kopf. »Was ist denn passiert? Was ist los mit dir?«

»Noyan, ich …« Wie sollte ich es sagen? »Ich weiß so vieles nicht. Ich habe so viele Fragen und …«

»Fragen? Was denn für Fragen?« Noyan sah mich verwundert an. »Okay«, sagte er dann, lächelte und hob die Hände. »Dann stell sie mir doch.«

Ich nickte. Ich wusste, dass ich das tun musste, aber ich konnte einfach nicht. Seine möglichen Antworten machten mir Angst. Die Zeit verstrich, aber mir kam kein Wort über die Lippen. Schließlich übernahm Noyan für mich. »Wir kennen uns kaum, natürlich haben wir uns noch viel zu erzählen und auch viel zu fragen.«

Ich nickte wieder.

»Tuana, was möchtest du wissen?«

»Ich … Noyan, ich kann nicht. Jetzt nicht.« Das war alles, was ich herausbrachte.

Er sah mich an, dann lächelte er und nahm meine Hand. »Okay. Dann … ähm … wollen wir ein bisschen spazieren gehen? Oder hast du vielleicht Hunger?«

»Ich glaube, ich muss langsam nach Hause, Noyan. Würdest du mich bitte zum Bus bringen?« Es tat mir so leid, nichts wäre mir lieber gewesen, als bei ihm zu bleiben, aber ich war so durcheinander. So viele Gefühle, Liebe, Zweifel und Traurigkeit darüber, dass alles so gekommen war, dass ich neben meiner großen Liebe herlief und nicht mal mehr sprechen konnte. Außerdem hatte ich noch einiges mit Yaren zu klären. Was war los mit ihr? Wovor wollte sie mich schützen, und warum musste sie dabei so fies sein?

»Natürlich«, sagte Noyan leise. Er klang enttäuscht. »Was hast du morgen vor? Wollen wir uns treffen?«

Ich weiß nicht, wie ich ihn angesehen habe, aber er redete weiter, ohne eine Antwort abzuwarten, so als wollte er vermeiden, dass ich ablehne.

»Wir gehen woandershin, ja? Irgendwohin, wo wir alleine sind.«

Ich nickte und versuchte zu lächeln. Noyan! Ich liebte ihn so sehr. Nicht nur die Liebe, auch die Gewissheit darüber, dass er die Liebe meines Lebens war, wuchs in mir mit jedem Augenblick.

Kapitel 13

»Warum hast du mir nichts davon gesagt?« Als Yaren nach dem fünften Versuch endlich ans Telefon gegangen war, redete ich drauflos, ohne Begrüßung oder irgendwelche Floskeln. Ich hatte mich in meinem Zimmer bei meiner Oma eingeschlossen und geweint. Es war einfach zu viel gewesen, und ich hatte die Nase voll von all den Fragen, die mich ganz schwindlig werden ließen.

»Hallo, Tuana«, sagte Yaren leise und unsicher. Sie klang jetzt ganz anders als heute Nachmittag. Statt mir zu antworten, fragte sie mich, was Noyan mir erzählt hätte.

Unglaublich, sie konnte doch nicht so dumm sein! Was war das für ein blödes, böses Spiel? Jeder Psychothriller war harmloser. »Noyan hat gar nichts gesagt. Wir hatten doch gar keine Gelegenheit, zu sprechen! Dank dir und dieser, dieser …« Im letzten Moment riss ich mich zusammen. »Deiner Freundin!«

Yaren reagierte gar nicht darauf, dass ich diese Sevda beinahe beschimpft hätte. »Ich weiß überhaupt nicht, was du hast!« Ihre Stimme wurde lauter, und sie wirkte jetzt sogar genervt.

»Okay, dann will ich dich erinnern«, sagte ich bestimmt. »Vorgestern hast du mir erzählt, dass du Noyan ein paarmal gesehen hättest. *Ein paarmal* ist ja wohl etwas völlig anderes, als wenn man zum selben Uni-Vorbereitungskurs geht und dieselbe Stammkneipe hat, wo sich alle kennen.«

Yaren stöhnte verächtlich, so als wollte sie mir vorwerfen, dass ich übertrieb. Das war mir egal, ich redete weiter. »Außerdem verstehe ich dein Verhalten sowieso nicht. Ich schreibe dir monatelang aus Deutschland, wie verliebt ich bin, und du antwortest mir nicht. Dann sagst du mir hier, dass du Noyan mal mit einem Mädchen gesehen hast und dass du glaubst, er hätte eine Freundin. Die ganze Zeit über hast du ihn aber täglich gesehen und ihn sogar kennengelernt. Spätestens gestern hättest du mir doch davon erzählen können, oder?«

»Tuana! Komm, hör auf!« Yaren klang jetzt so, als würde sie mich beruhigen wollen. Aber ich sah das gar nicht ein. Ich wollte alles wissen. Es reichte mir!

»Und wieso hast du überhaupt die ganze Zeit versucht, mich von einem Treffen mit ihm abzuhalten? Kontrollierst du mich? Verfolgst du mich? Was soll das? Plötzlich tauchst du auf und versaust mir mein Date. Weißt du überhaupt, wie ich mich gefühlt habe? Wer war überhaupt diese Sevda?«

Yaren schwieg, und ich dachte erst, dass sie nach Worten suchte, um mir eine Erklärung für all meine Fragen zu geben. Stattdessen aber war es eine Atempause, um auszuholen.

»Tuana! Jetzt reicht es aber!«, rief Yaren. »Du leidest doch unter Verfolgungswahn! So dankst du es mir, dass ich dir helfe!«

»Helfen? Du meinst, du hilfst mir?«

»Ja, was meinst du, warum ich versucht habe, zu verhindern, dass ihr euch trefft? Ich wollte nicht, dass er dir noch mehr wehtut, das habe ich dir doch schon gesagt.«

Ich schwieg. Yaren redete weiter. »Wenn ich dir gesagt hätte, dass ich ihn jeden Tag sehe, dann hätte ich dir auch erzählen müssen, wie er wirklich ist, und das hätte ich nicht übers Herz gebracht.«

»Wie er wirklich ist?«, fragte ich leise nach, ohne eine Antwort hören zu wollen. Ich kniff die Augen zusammen, stützte mich auf der antiken Kommode ab und setzte mich aufs Bett. Das Deckchen verrutschte, und die Kristallvase mit den weißen Kunsttulpen kippte um. Es war mir egal. Ich hatte keine Kraft, sie aufzuheben.

»Ja, ich wollte dir nicht erzählen, dass er jeden Tag ein anderes Mädchen küsst.«

Yaren wartete. Ich hatte abgeschaltet. Es war, glaube ich, eine Art Selbstschutz, ich dachte an meine Eltern und daran, wie sehr ich sie vermisste. Ich weinte leise.

»Tuana? Versprich mir, dass du ihn nicht mehr triffst, ja?«, sagte Yaren. »Tuana?«

»Ich möchte jetzt auflegen, Yaren, bitte. Ich kann nicht mehr.«

»Tuana, aber versprich mir doch erst …«

»Görüşürüz, Yaren, bye!«

Ich legte auf, warf mich auf mein Bett und zog mir die Decke über den Kopf. Am liebsten wäre ich noch in derselben Nacht nach Deutschland geflogen. Ich hatte das Gefühl, durchzudrehen. Es war, als zerrten zwei mächtige Kräfte an mir. Yaren fachte meine Zweifel immer weiter an. Irgendwie verstand ich sie ja auch. Wenn ich wüsste, dass sie sich ins Unglück stürzen würde, würde ich natürlich genauso versuchen, sie davon abzuhalten. Sie war offensichtlich überzeugt davon, dass Noyan nicht gut für mich war. Ich hatte keinen Grund, ihr nicht zu glauben, sie sah ihn schließlich jeden Tag. Aber da war die andere Macht. Meine Liebe. Ich konnte, wollte es nicht akzeptieren. In mir war etwas, das mich trieb und nicht zuließ, dass ich Noyan fallen ließ.

Außerdem war es natürlich Quatsch. Ich konnte jetzt nicht einfach wieder zurück. Was sollte ich meinen Eltern erzählen? Mir fiel der kleine Zettel ein, den mir meine Oma in die Hand gedrückt hatte, als ich nach Hause kam.

»Der ist von Mustafa bey. Du wüsstest sicher, wie das geht. Aber wenn du Fragen hast, dann hilft er dir gerne, hat er gesagt.«

Meine Oma war zwar etwas eingeschnappt gewesen, weil ich sie nicht angerufen hatte, als ich wieder unterwegs zu ihr war. Da ich aber vor sieben Uhr zu Hause war und sie noch nicht mit mir gerechnet hatte, hatte sie sich schnell wieder beruhigt. Mustafa bey hatte wohl in der Nachbarschaft gefragt, und die Nachbarn, die direkt nebenan wohnten, hatten eine Internet-Flat. Auf dem Zettel standen die Zugangsdaten. Ich solle es mal versuchen. Der Nachbarssohn, den ich schon ein paarmal im Treppenhaus gesehen hatte, hätte gemeint, dass es mit dem Empfang klappen müsste. Falls nicht, würde er mir gerne helfen.

Das war sehr nett. Hoffentlich klappte es. Dann könnte

ich vielleicht mit Jule chatten? Ich packte zum ersten Mal, seit ich hier angekommen war, meinen Tablet-PC aus.

Der Nachbarssohn hatte sein Netzwerk »sıpaydırmen_hasan« genannt. Obwohl mir eigentlich zum Heulen zumute war, musste ich laut losprusten. Dieser komische Typ nannte sich Spiderman, in türkischer Lautsprache! Beim Eingeben des Netzwerkschlüssels musste ich aufpassen, dass ich mich nicht vertippte. Meine Nerven waren am Ende, total überspannt. Mein Lachen wurde immer hysterischer.

»Tuana? Ne oldu kızım?« Meine Oma klopfte an die Tür. Ich räusperte mich, riss mich zusammen. »Oh, nichts, Babaanne, alles okay. Ich, ich habe nur etwas Lustiges gelesen.«

Erstaunlich, aber dank Spiderman Hasan war ich online.

Der Empfang war zwar nur *gut*, nicht *sehr gut*, aber das war besser als nichts. Ich richtete mich auf längere Wartezeiten ein und beschloss, dem Supernachbarn bei nächster Gelegenheit zu danken.

»İstanbul'u dinliyorum gözlerim kapalı.« Noyan! Ich schreckte auf und griff nach meinem Handy.

Tuana! İstersen, seni yarın Acıbadem'den alabilirim.
Kadıköy'de de buluşabiliriz. Ne dersin?

Gerade hatte ich seine Nachricht gelesen und das Smartphone beiseitegelegt, da kam noch eine weitere Meldung.

Seni görmekle bugün dünyalar benim oldu. :-)

Was sollte ich jetzt machen? Seine Worte berührten mich und katapultierten mich jedes Mal mitten auf eine rosarote Wolke. Er wollte mich morgen wieder treffen, und ich hatte zugestimmt, aber jetzt wusste ich nicht mehr, was ich machen sollte. *Wie er wirklich ist.* Yarens Worte taten so weh. *Dass er jeden Tag ein anderes Mädchen küsst.* Immer wieder musste ich an ihre Worte denken. Noyan schrieb, dass er mich von Acıbadem abholen würde oder dass wir uns in Kadıköy treffen könnten. Er würde also auf die asiatische Seite von Istanbul fahren, um mich zu sehen. Das war auch die beste Möglichkeit, sicher zu sein, dass Yaren uns nicht auflauerte. Mein Herz sagte mir: »Ja, triff dich mit ihm, lass dir alles erklären.« Aber da waren Yarens Worte. Wenn sie recht hatte, könnte mir Noyan alles Mögliche erzählen, und vermutlich würde ich ihm auch glauben und so in seine Falle tappen.

»Die Welt gehörte mir, als ich dich heute gesehen habe. :-)«

Wie sollte ich solchen Worten nicht verfallen? Die Wahrheit war, dass ich ihm alles glauben wollte. Wieso sollte er mir solche Dinge schreiben? Waren es Worte, die er schon für andere Mädchen verwendet hatte? War dies seine Taktik, um sie anzulocken? Es gab so viele Jungs, die jede Eroberung als eine weitere Trophäe ihrer Sammlung ansahen, nur um dann bei den anderen Jungs prahlen zu können. Aber war Noyan auch so einer? Konnte sich mein Herz so sehr irren?

Jule war nicht online. Weder auf Facebook noch auf Skype oder MSN. Sie rechnete wohl nicht damit, dass ich eine Internetverbindung bekommen könnte. Sonst chatteten wir oft um diese Zeit, wenn wir nicht gerade miteinander telefonierten. Über WhatsApp hatte ich ihr zwar geschrieben, dass ich dran war und nach einer Möglichkeit suchte, ins Internet zu kommen, aber ich hatte nicht sehr hoffnungsvoll geklungen. Mehr hatte ich ihr nicht verraten, nichts davon erwähnt, was bisher passiert war. Es wäre zu mühsam gewesen, das alles in mein Smartphone zu tippen. Jetzt aber schrieb ich ihr, dass ich online war.

Hi, Jule, ich hab jetzt Internet. Wollen wir skypen? Hab so viel zu erzählen!

Hoffentlich würde Jule meine Nachricht bald lesen. Noyan wartete auf eine Antwort, und ich wusste einfach nicht, was ich tun sollte. In Deutschland hatte Jule mich in schwierigen Zeiten immer begleitet, und nun fehlte mir der Austausch mit ihr. Es war ein Jammer, dass Yaren, auch wenn sie es gut meinte mit mir, keine Hilfe war. Da könnte ich auch gleich meine Oma fragen, was ich tun sollte.

Plötzlich blinkte ein Pop-up-Fenster auf. Jule hatte sich bei Skype angemeldet. Es dauerte keine Minute, da wählte sie mich auch schon an. Es war ein Video-Gespräch, das ich sofort annahm.

»Jule!«

»Tuana, hi! Hey, du siehst gut aus, bist ja schon etwas braun geworden.«

»Sieht man das?« Das Deckenlicht im Gästezimmer meiner Oma war nicht das stärkste, aber ich hatte die Nachttischlampe an. Vielleicht lag es daran? Jules Bild war jedenfalls ganz klar und deutlich. Hoffentlich blieb das auch so. Ich erzählte meiner Freundin alles, so kurz und dennoch so umfassend wie möglich, denn man wusste nie, wie lange die Verbindung noch halten würde. Wir kannten das schon aus Deutschland, und nun waren wir über 2500 Kilometer voneinander entfernt. Tatsächlich wurde die Verbindung allmählich auch schwächer, und sowohl der Ton als auch das Bild verzerrten sich immer wieder. Mindestens fünf Mal mussten wir uns neu einwählen. Das war ganz schön nervenaufreibend, zumal Noyan noch zweimal geschrieben hatte. Er wollte unbedingt wissen, wann und wo wir uns treffen würden. Wie gut, dass er nicht anrief. Ich hatte ihn darum gebeten, weil ich nicht wollte, dass meine Oma unser Gespräch mitbekam. Da ich mit Jule deutsch sprach, konnte ich mich zum Glück in Ruhe mit ihr unterhalten. Ich achtete nur darauf, dass ich nicht Yarens und Noyans Namen nannte. Ich hatte inzwischen mitbekommen, dass die Wohnung meiner Oma ziemlich hellhörig war, und da war Vorsicht immer gut.

»Tuana, ich denke, du solltest auf dein Herz hören!«, sagte Jule schließlich, und das ließ mich aufatmen. »Also, ich würde wissen wollen, wie er das alles erklärt«, fügte sie schnell hinzu, denn die Verbindung drohte wieder abzubrechen. »Und ich würde ihm dabei in die Augen schauen. Dann wirst du schon wissen, ob er lügt oder nicht.«

Plötzlich war sie weg. Ich versuchte ein paarmal, sie wieder anzuwählen, aber es wollte einfach nicht mehr klappen. »Danke, Jule!«, schrieb ich ihr schließlich über WhatsApp. Das hatte ich hören wollen! Das war es auch, was mein Herz mir sagte. Sofort nachdem ich mich bei Jule bedankt hatte, schrieb ich Noyan.

Noyan, istersen Kadıköy'de Eminönü iskelesinde buluşalım.

Ich nahm sein Angebot an, uns in Kadıköy zu treffen. An der Anlegestelle für die Eminönü-Fähren konnten wir uns nicht verfehlen. Ich vermutete, dass er entschlossen war, dieses Mal seinen Kurs tatsächlich zu schwänzen, denn er wollte sich unbedingt um dreizehn Uhr treffen.

Seine Antwort war kurz und knapp, und dennoch beruhigten seine Worte mich etwas, sodass ich einigermaßen gut schlafen konnte.

Mutlu ettin beni, Tuana!

Yakamoz 6

30.7.

Hätte ich gewusst, wie ich mich in dir verlieren würde, vielleicht wäre ich geflohen. Doch nun stehe ich hier und danke Gott, der das Meer und dich erschaffen hat, dein leuchtendes Herz, deine funkelnden Augen. Ich habe etwas vor mit dir: mein Leben!

Kapitel 14

Babaanne hatte beim Frühstück noch gute Laune gehabt, und sie hatte mir Anekdoten aus der Kindheit meines Vaters erzählt. Zum Beispiel, wie sie ihn und meine Tante während der Fastenzeit beim Essen erwischt hatte. Sie waren noch klein und wollten unbedingt im Ramadan fasten. Aber es war Sommer, und die Tage waren lang. So hatten die Geschwister es wohl nicht mehr ausgehalten, und mein kleiner Vater und meine kleine Tante hatten heimlich Bananen, Kekse und Schokolade aus der Küche in ihr Zimmer geschmuggelt. Plötzlich wurde es verdächtig ruhig im Kinderzimmer. Meine Oma fand das komisch, weil sich die beiden damals ständig zankten. Also sah sie nach. »Diese Keratas! Sie saßen hinter der Tür auf dem Boden und stopften genussvoll alles in sich hinein. Als ich hereinkam, sahen sie mich mit großen, erschrockenen Augen und dicken Backen an. Das werde ich nie vergessen!« Meine Oma lachte beim Erzählen so sehr, dass ihr Bauch dabei auf und ab hüpfte. Und ich lachte, weil sie dabei so lustig aussah. Wir hatten wirklich viel Spaß an jenem Morgen. Aber schon nach dem gemeinsamen Abräumen, Bettenmachen und Wäschezusammenlegen verzogen sich Babaannes Gesichtszüge. Ich begann danach nämlich, mich ausgehfertig zu machen.

»Wo willst du wieder hin?«, fragte mich meine Oma mit dem gleichen unglücklichen Gesicht wie am Tag zuvor.

»Bitte nicht schon wieder, Oma!« Ich sah sie genervt an und wollte mich abwenden, da kam etwas, was mich total wütend machte. »Kind, du darfst deinen guten Ruf nicht ruinieren!«

»Wie bitte?«

»Ja, ich habe gehört, dass du …«

»Babaanne, was sagst du da? Was hast du gehört und von wem?«

Egal, wie und wie oft ich nachfragte, sie sagte immer nur »Ach« und redete sich heraus. »Das habe ich nur so gesagt.« Meine Oma gab mir keine Antwort. Stattdessen kamen unmögliche Dinge wie »Du bist jetzt ein junges Mädchen, und deshalb musst du besonders aufpassen! Da draußen …«.

Es war unerträglich. Schließlich unterbrach ich sie bei ihrer mittelalterlichen Klosterpredigt, weil ich es mir nicht mehr anhören konnte, und beschloss, mich gar nicht erst auf eine Diskussion einzulassen. Ich erklärte ihr, dass ich vorhatte, jeden Tag rauszugehen. Dass ich gerne bei ihr war, aber dass ich auch deswegen gekommen war, um die Türkei besser kennenzulernen. Heute würde ich nach Kadıköy fahren und vielleicht etwas einkaufen. Ich sagte das alles selbstbewusst und bestimmt und außerdem, ohne dabei meine Wut zu zeigen und mir meine gute Laune verderben zu lassen. So gab meine Oma zum Glück relativ schnell nach und bestand diesmal nicht darauf, meine Eltern anzurufen.

»Gut, aber gib auf dich acht, Kind, und sei spätestens um sechs Uhr zurück.«

Ich schüttelte verzweifelt den Kopf, gab meiner Oma einen schnellen Kuss und beeilte mich, meine Schuhe anzuziehen. Sie ging währenddessen im Flur auf und ab, blieb dann stehen. »Ich wollte extra für dich heute Açmas backen, aber du …«, klagte sie weinerlich. Sie versuchte wirklich alles, aber ich blieb entschlossen.

»Morgen, Babaanne, dann helfe ich dir dabei, versprochen!«, sagte ich und flitzte hinaus.

Cool, wenigstens das! Der Aufzug stand schon in unserer Etage. Leider war er aber voll, sodass ich mich nicht in der Spiegelwand betrachten konnte. Das Bild wurde darin zwar sehr verzerrt, aber man konnte immerhin erkennen, ob Haare abstanden oder die Klamotten verrutscht waren.

»Merhaba«, sagte ich beim Eintreten und bemerkte erst etwas später, wer das war. Es war dieser seltsame Kerl, der Nachbarssohn meiner Oma, der Sıpaydırmen-Hasan, der mir die Internetverbindung ermöglicht hatte. Ich hatte mitbekommen, dass meine Oma sich mit seiner Mutter gut verstand. Zumindest half die Frau meiner Oma ab und zu mal aus. Das war auch gut so. Ich meine, dass sie jemanden in ihrer Nähe hatte, der nach ihr sah. Immerhin lebte meine Oma mit ihren vierundsiebzig Jahren allein. Seit ich hier war, hatte ich die Spiderman-Mutter ein paarmal an der Tür meiner Oma gesehen. Diese Leute wohnten direkt nebenan, teilten quasi die hellhörige Wohnzimmerwand mit meiner Großmutter. Der Nachbarssohn war längst so alt, dass er hätte allein leben können. Ich schätzte ihn auf fünfundzwanzig oder so.

»Merhaba«, nuschelte der Riese und sah zu Boden. Ich riss mich zusammen, ich hätte mich totlachen können, ausgerechnet der nannte sich Spiderman.

Genau wie jedes Mal, wenn ich ihn bisher gesehen hatte, schielte er kurz zu mir herüber und wurde knallrot. Sein roter Kopf machte die Aufzugfahrt nicht gerade erträglicher. Wie peinlich! Ich dachte, wir kommen nie unten an.

Eigentlich passte es super, dass ich ihn getroffen hatte. Ich nutzte die Gelegenheit, um mich zu bedanken, und war froh, dass ich nicht extra bei ihm an der Haustür klingeln musste.

»Çok teşekkür ederim«, sagte ich. »Internet için.«

Spiderman nickte, grinste, ohne aufzusehen, und nuschelte etwas vor sich hin. Ich nahm einfach an, dass er fragte, ob es geklappt hatte.

»Evet, bağlanabildim«, sagte ich höflich nickend, aber die Geste war unnötig, denn er sah mich ja gar nicht an.

Als ich das Haus verließ und die Eingangstür zufiel, fragte ich mich, wie es wohl bei ihm zu Hause aussah. Modern eingerichtet war seine Wohnung ganz sicher nicht. Jedenfalls konnte ich mir das nicht vorstellen, wenn ich mir die Klamotten von dem langen Kerl vor Augen führte. Eine viel zu kurze Karohose unter einem gestreiften Hemd und einem selbst gestrickten Wollpullunder. Und das mitten im Sommer! Ich grinste in mich hinein und schüttelte den Kopf. Leute gibt's! Und das war auch schon der letzte Gedanke, den ich an diesen komischen Typen verlor, bevor ich mich in das hektische Geschehen der Millionenstadt stürzte.

Heute beschloss ich, den Dolmuş zu nehmen. Ich winkte meiner Oma zu, die oben am Balkon stand, und ging die Straße hinunter. Sie rief mir irgendetwas nach, aber ich tat so, als hörte ich sie nicht. Vermutlich wollte sie, dass ich mit dem Bus fuhr, aber ich hatte heute das Gefühl, dass es nicht ganz so heiß war, und außerdem hatte ich Lust zu laufen.

Der Weg war kein Problem mehr, und langsam gewöhnte ich mich auch an das hektische Treiben. Ich stieg wie selbstverständlich in den Dolmuş. Als ich saß, klopfte ich dem Vordermann auf die Schulter, fragte, ob er das Geld weiterreichen würde, und sagte wie alle anderen auch, wo ich hinwollte. »Bir tane Kadıköy uzatır mısınız, lütfen?« Das Geld wurde bis zum Fahrer weitergereicht. Der wechselte es und schickte das Wechselgeld auf dem gleichen Weg wieder zurück zu mir. Ich war stolz auf mich, dass ich das so locker hinbekommen hatte. Auch ich musste ein paarmal Geld von anderen Fahrgästen weiterreichen und dabei sagen, wie viele Fahrten davon abgezogen werden sollten und wohin es ging. Das war nicht ganz so leicht, weil ich die Haltestellennamen nicht kannte und ganz genau hinhören musste, um es richtig zu machen und nicht aufzufallen.

Aber irgendwie fiel ich trotzdem auf. In Kadıköy stieg ich aus. Wie sie mich alle anstarrten! Ich fühlte mich immer noch verloren in den Menschenfluten, die ständig an mir vorbeiströmten. Rauf und runter. Und ich mittendrin. Ich überprüfte immer wieder meine Klamotten, aber mir fiel nichts Ungewöhnliches auf. Ich trug meine neue Jeans und ein neues gelbes Top von der Terkos-Passage, hatte meine Haare zu einem Pferdeschwanz zusammengebunden und ... okay, mein Top war etwas kurz, reichte bis knapp an meinen Hosenbund und ließ manchmal, vor allem beim Gehen, den Blick auf meinen Bauchnabel frei. Aber ich hatte schon viele Mädchen hier gesehen, die komplett bauchfrei herumliefen, und ich hatte das Gefühl, dass da keiner besonders hinsah. Auch bei Yaren war es so. Ich dachte an ihren unmöglich kurzen Rock gestern. So würde ich mich nie trauen herumzulaufen, nirgendwo, höchstens am Strand. Aber egal, was Yaren anhatte, sie wurde in Ruhe gelassen. Ich wunderte mich, dass meine Oma bei ihr nichts sagte. Von wegen guter Ruf und so.

Bei mir verhielt sich meine Babaanne ganz anders. Was war das vorhin gewesen? Was hatte sie wohl gemeint? Wieder etwas, was mir ein Rätsel aufgab.

Ich schwor mir, alles herauszufinden. Alles, was mir Kopfzerbrechen bereitete. Aber am meisten interessierten mich Noyans Antworten. Ich war froh, dass ich mich dafür entschieden hatte, ihn zu treffen. Und ich war froh, dass ich Yaren nichts davon erzählt hatte. Ich hoffte sehr, dass Noyan ihr seit gestern nicht mehr begegnet war. Er wollte ja auch mit mir allein sein. Da wir uns um dreizehn Uhr treffen wollten, hätte Noyan immer noch Zeit, am frühen Morgen am Uni-Vorbereitungskurs teilzunehmen. Wieso hatte ich eigentlich angenommen, er würde schwänzen? Ich kannte die Unterrichtszeiten nicht, aber nun stieg Unbehagen in mir auf. Was, wenn er heute Morgen Yaren begegnet war und sie versucht hatte, ein Treffen zu verhindern?

Die Sonne strahlte hell. Ich kniff die Augen fester zusammen, je näher ich ans Ufer kam. Zum Fährhafen nach Eminönü musste ich auch noch am Meer entlanggehen. Ich vermisste meine Sonnenbrille und ärgerte mich darüber, dass ich sie nicht eingepackt hatte. Vielleicht waren meine Augen auch empfindlicher geworden durch das viele Weinen? Ich fühlte mich orientierungslos und ging einfach geradeaus, ohne wirklich etwas zu erkennen.

»Tuana!« Er war da! Noyan kam mir entgegen. Er war früh dran. Wie lange hatte er mich wohl schon beobachtet? »Tuana«, wiederholte er, nahm meine Hand, und wir küssten uns zum ersten Mal auf die Wangen. Zum ersten Mal kamen wir uns so nahe. Als unsere Wangen sich berührten, schloss ich die Augen und sog seinen Duft ein. An jeder Körperseite, die ihn gerade berührte, durchzog mich eine Gänsehaut, von der Wange bis hinunter zu meinem kleinen Zeh. Ich spürte seinen Atem an meinem Ohr, in meinem Nacken. Dann sah er mich an und lächelte. »Heute allein?«

Ich nickte und lächelte zurück. In seiner Gegenwart spürte ich noch intensiver, dass wir zusammengehörten.

Mein Kopf meldete sich immer wieder mit Zweifeln, schickte mir schreckliche Bilder, aber ich wehrte sie ab. Noyan hielt mir seinen Arm hin. Ich hakte mich ein.

Er wirkte nachdenklich, aber entschlossen. Noyan führte mich weg vom Ufer ins Zentrum. Wir überquerten viel befahrene Straßen, warteten an Ampeln, die die Sekunden zurückzählten. Wir gingen an einem Park und der Post vorbei, durch viele verschlungene Gassen. Wir gingen kreuz und quer, ohne erkennbaren Plan. Tausende Gesichter zogen an mir vorbei, ließen mich schwindlig werden. Wir kamen an einer kleinen, alten Moschee heraus auf eine Hauptstraße, bogen auf der anderen Seite der Moschee wieder ab und gelangten in eine enge Gasse. Die führte an einer Mauer entlang zurück in das Gassenlabyrinth. Bikinis, Pantoffeln, T-Shirts und Wickelkleider hingen hier. In anderen Straßen oberhalb der Moschee gab es jede Menge Antiquitäten. Alte Spiegel, mächtige Kronleuchter, einen Springbrunnen, der bestimmt aus einem alten osmanischen Innenhof stammte, ein verschnörkeltes Tor, das einst vielleicht der Eingang zu dem Hof war, Grammofone, alte Nähmaschinen, ich glaube, hier gab es nichts, was es nicht gab.

Von dort kamen wir bald zu den Gemüse-, Fleisch-, Fisch- und Gewürzmärkten. Die Waren wurden bunt und frisch in Theken und an Straßenständen präsentiert. Es duftete alle fünf Meter nach anderen Delikatessen. Straßenkatzen liefen gierig um Stände mit frischem Meeresfang herum oder leckten sich genüsslich vor Ladentüren die Pfoten.

Hier und da wurden Döner oder Kokoreç-Sandwiches angeboten, und nicht nur der Duft des brutzelnden Fleisches lud ein, auch die Kellner wollten alle paar Meter mit einem »buyrun« die Passanten zum Verweilen verführen. Später folgten Gassen, in denen sich Kneipen, Bars und Restaurants aneinanderreihten. »Buyrun, buyrun!« Auch hier wurde man alle paar Meter eingeladen, einzutreten. Ich schüttelte jedes Mal den Kopf oder sagte höflich »Danke!«. Noyan sah mich dabei immer von der Seite an und grinste vor sich hin. Bis ich bald begriff und es ihm nachmachte. Obwohl es mir schwerfiel, ignorierte ich die ständigen Einladungen, und wir beide gingen einfach weiter.

Neben Noyan erlebte ich alles genau so, wie ich es mir vorgenommen hatte, als ich in Istanbul angekommen war. Ich saugte alles in mich hinein, alles, was ich sah, alles, was ich roch, schmeckte, hörte und fühlte. Alle Eindrücke prägten unsere einmaligen gemeinsamen Momente, und ich wollte mir alles merken, alles mitnehmen und später in Deutschland davon zehren, bis ich wieder hierherkommen konnte.

Noyan war so aufregend. Ich ertappte mich immer wieder dabei, wie ich ihn von der Seite ansah. Ich fand es toll, wie seine Haare fielen. Seine feinen Haare, die eine wilde Mähne bildeten. Am linken Haaransatz hatte er einen Wirbel, der seine Frisur zu einem Seitenscheitel zwang. Er hatte wunderschöne hellbraune Augenbrauen, die bis hinunter zu seinen Lachfältchen an den Augen reichten. Seine Augen lächelten immerzu, und wenn er mich ansah, vertieften sich diese feinen Linien um seine Augen und um seinen Mund.

Wir redeten über dieses und jenes. Noyan zeigte mir alles Mögliche und erklärte mir, was wir gerade sahen. Ich erzählte ihm von meiner Schule, meinen Eltern, von meiner Oma und Jule. Yaren ließ ich außen vor. Von Noyan erfuhr ich, dass er Gitarre spielte, selber Lieder komponierte und sogar Songtexte dazu schrieb. Er versprach mir, dass er mir bald etwas vorspielen würde. Noyan hatte noch einen älteren Bruder, mit dem er sich sehr gut verstand. Auch seine Eltern liebte er sehr, und so, wie er über sie redete, schienen sie sehr nett zu sein. Noyan wollte unbedingt Biologie studieren, und deswegen lernte er jetzt fleißig für die Uni-Aufnahmeprüfung, die etwa dem Abitur in Deutschland gleichkommt. Wenn er die nicht bestand, würde er zum Militärdienst gehen. Deswegen müsste er sich umso mehr anstrengen, sagte er. Es war so schön, mit Noyan zu sprechen. Mir gefiel nicht nur seine sanfte männliche Stimme, sondern auch der Tonfall, in dem er redete, seine Betonung und die Mimik dazu.

»Dich zu sehen …«, sagte Noyan auf einmal. Ich blickte ihn an, war voller Erwartung, und mein Herz klopfte plötzlich schneller. Er konnte meinem Blick nicht lange standhalten, er schaute weg, sah schüchtern zu Boden. Jetzt bemerkte ich erst, wie lang seine Wimpern waren. Dann sah er mich wieder an. Seine Augen wirkten glasig, er lächelte. »… das bedeutet alles für mich.«

Seine Worte besänftigten mein Herz. Wie konnte ich sauer auf ihn sein? Ein Verkäufer mit einem Eimer schaufelte Wasser auf unseren Weg, ich glaube, um den aufwirbelnden Staub zu unterdrücken. Eine Katze schreckte auf und floh um die Ecke. Noyan nahm meine Hand, und das erste Mal liefen wir Hand in Hand. Ich hatte zum ersten Mal das Gefühl, dass wir ein richtiges Paar sind. Bisher war ich entweder in seinem Arm eingehakt gewesen oder war einfach neben ihm hergelaufen. Ich bekam Tränen in die Augen. Was war das nur für ein Gefühl?! Ich ließ mich treiben, hätte vor Glück schreien können oder hüpfen wie ein kleines Kind.

In einer sehr belebten Ecke stieg ein altbekannter Duft in meine Nase, den ich lange nicht mehr gerochen hatte und der mich an frühere Urlaube erinnerte. Ich blieb stehen und versuchte, mich zu erinnern und herauszufinden, woher er kam. Wir standen bei einem Kuruyemişçi. Hier wurden geröstete Nüsse, Sonnenblumen- und Kürbiskerne verkauft, und es gab Trockenfrüchte und viele andere Leckereien. Mmmh, ich hatte diesen Duft schon fast vergessen. So lange war es schon her, dass ich Leblebis gegessen hatte. Kichererbsen, die gerade frisch geröstet wurden. Ich mochte sie am liebsten kombiniert mit getrockneten Maulbeeren. Die hatte ich in Deutschland noch nirgendwo gesehen. Noyan bemerkte es sofort.

»Komm«, sagte er und kaufte mir eine riesige Papiertüte voll Leblebis, obwohl ich ihm sagte, dass ich das nie schaffen könnte.

»Kannst du noch laufen, oder wollen wir uns setzen?« Noyan konnte offensichtlich Gedanken lesen, oder ich hatte begonnen, komisch zu gehen. Jedenfalls zwickten tatsächlich allmählich meine neuen gelben Stoff-Peeptoes mit den hohen Keilabsätzen. Ich hatte schon zu Hause geahnt, dass sie mir Schwierigkeiten bereiten würden, aber sie sahen zu meiner Jeans einfach cool aus.

Wir waren schon an einem Burger King, einem Starbucks, einem Dunkin' Donuts und anderen Ketten vorbeigekommen. Mir war es egal, wo wir reingingen, Hauptsache, ich war mit Noyan zusammen. Aber er führte mich nicht in diese überall gleichen Locations, sondern in ein Café, in das er in Kadıköy am liebsten ging.

Hakuna Matata, so hieß der Laden, war ein cooles, gemütliches Café mit verschiedenfarbigen Sofas. Es war in einem etwas heruntergekommenen alten Gebäude untergebracht, das so aussah, als sei es von Studenten notdürftig renoviert worden, die das Café auch betrieben. Überall saßen Schülergruppen, die sich in die kuscheligen Ecken verkrochen hatten. Erwachsene saßen an Tischen. Hier und da wurden Wasserpfeifen geraucht, überall roch es nach Vanille, Apfel und Pfefferminz. Auf rote Wände gemalte Silhouetten in Schwarz-Weiß schauten auf die Gäste herab. An manchen Tischen wurde gegessen und getrunken, an anderen einfach nur gechillt und der coolen Musik gelauscht.

Noyan nahm wieder meine Hand, und wir gingen die Treppen hinauf in den ersten Stock.

»Hier ist es heller und auch ruhiger«, sagte Noyan.

Als wir uns an einen Tisch am Fenster gesetzt hatten, wo wir nach unten auf die Gasse sehen konnten, fragte Noyan mich, ob ich Hunger hätte. »Aç mısın, Tuana?«

Ich schüttelte den Kopf. »Nein, danke! Und du?«

Er ging aber gar nicht darauf ein, er war wohl schon mit seiner eigenen nächsten Frage beschäftigt. Hinterher wusste ich, warum.

»Tuana, ich habe mir die ganze Nacht den Kopf darüber zerbrochen, was du mich wohl fragen wolltest gestern. Ich habe das Gefühl, dass etwas nicht stimmt und …«

Ich schluckte, das Lächeln gefror mir im Gesicht. Jetzt wurde es ernst. Ich hatte meine Fragen verdrängt und mir insgeheim gewünscht, dass dieser Moment nicht kommen würde. Ich wollte mich treiben lassen, genießen, schwärmen, lieben, trotz meiner Angst, meiner Zweifel und des Schmerzes, der immer irgendwo unterhalb der rosaroten Gefühle in mir lauerte. Aber ich wusste auch, dass Verdrängen nicht funktionierte. Alles, was man wegdrückte, tauchte wieder auf und erwischte einen immer, egal wie viel Zeit vergangen war.

»Ich weiß nicht, wie ich es sagen soll …« Ich zögerte. »Ähm …«

»Komm«, sagte Noyan und lächelte. »Trau dich, ich werde dich nicht auffressen!«

Ich wollte auf seinen Spaß eingehen und versuchte auch zu lächeln, aber die Muskeln um meinen Mund machten nicht mit.

»Weißt du … ich, ich habe da etwas gehört … und …«

Ich schaffte es einfach nicht, es über die Lippen zu bringen.

Noyan sah mich erstaunt an. »Etwas gehört? Was denn und von wem?«

Ich dachte an die Szene mit meiner Oma heute Morgen. Genau die gleichen Fragen, nur dass ich mich jetzt in der Position meiner Oma befand.

»Ach, ich meine, ich wollte dich fragen, ob …« Egal, wie ich mich quälte und wand, es war unumgänglich. Ich musste es tun, auch auf das Risiko hin, dass dann alles kaputt war, dass alles vorbei war, ohne dass es überhaupt richtig begonnen hatte. »Na gut …« Ich seufzte wie eine Sportlerin, die das Rennen schon verloren hatte, bevor sie überhaupt losgerannt war. »Also, ob du eine Freundin hast?«

Ich sah verschämt und ängstlich auf meine Hände, am liebsten wäre ich davongerannt.

Noyan schwieg, und ich traute mich nicht, aufzusehen. Wieder eine halbe Ewigkeit. Was dachte er? Was würde er jetzt tun? Was antworten?

»Tuana!«

Endlich, endlich sagte er etwas. Ich blickte langsam auf und sah in traurige, enttäuschte Augen.

»Wie kommst du … wer hat dir … also, ich habe keine Freundin. Ich meine … ich dachte, dass du meine Freundin bist. Jedenfalls empfinde ich das so, denn …« Noyan nahm meine Hände und rückte näher, sodass wir fast Nase an Nase saßen. »Ich habe mich in dich verliebt, schon seit ich dich damals im Winter das erste Mal gesehen habe.«

»Du hast kein anderes Mädchen geküsst, als ich in Deutschland war?«

Noyan lachte. »Ich konnte keine Minute an jemand anderen denken als an dich, wie sollte ich da …?«

»Wirklich?«

»Tuana, bitte, wer hat das behauptet?«

»Das kann ich nicht sagen, Noyan. Du … du musst das verstehen.«

»Aber das ist eine Lüge. Warum behauptet jemand so was? Ich verstehe das nicht!«

Ich war verwirrt, aber entschlossen, Yarens Namen nicht zu nennen. Immerhin war sie meine Cousine, und ich wollte sie selbst zur Rede stellen. Bestimmt dachte Noyan sich schon, dass es Yaren gewesen war, denn sie war unsere einzige gemeinsame Bekannte. Nur noch diese Sevda war gestern dazugekommen. Aber Noyan hatte ja mitbekommen, wie Yaren uns einander vorgestellt hatte. Es hätte höchstens sein können, dass Sevda diese Behauptung Yaren gegenüber geäußert hatte, und Yaren hatte so getan, als hätte sie Noyan persönlich mit einem Mädchen gesehen.

Aber wieso diese Lüge? Konnte das sein? Wenn ich in Noyans Augen sah, dann gab es nur diese eine Möglichkeit. Denn wenn er es war, der log, müsste er ein schrecklich gemeiner, hinterhältiger Typ sein. Kein normaler Mensch konnte so schauen und gleichzeitig lügen. Aber Yaren …

»Ich weiß auch nicht, Noyan. Ich werde es herausfinden, das verspreche ich dir!«

Die ganze Zeit über hatte er meine Hände ganz fest gehalten. Jetzt löste Noyan den Druck und zog seine Hände zurück. »Okay«, sagte er und nickte. Er lächelte, aber ich wusste, dass er enttäuscht war. Seit diesem Moment wirkte er irgendwie distanziert. Er war immer noch höflich, herzlich und liebevoll, aber die Fältchen um die Augen und seinen Mund waren nicht mehr ständig zu sehen.

»Jetzt habe ich aber Hunger!«, sagte Noyan. »Wie sieht es mit dir aus?«

»Vielleicht ein bisschen«, sagte ich. Aber nur, weil ich ihn nicht alleine essen lassen wollte. Ich wollte ihm Gesellschaft leisten und dabei nicht wie eine hungernde Tussi wirken, die nicht genießen konnte. Eigentlich war mir aber gar nicht nach Essen zumute. Außerdem hatte ich meine Laktase-Tabletten vergessen und musste aufpassen. Ich bekam wegen meiner Laktose-Intoleranz immer gleich einen Blähbauch, und den konnte ich jetzt ganz sicher nicht gebrauchen.

»Hier gibt es superguten Kumpir, was sagst du?« Da ich nicht wusste, was das war, beschrieb Noyan es mir, und zwar so, dass mir tatsächlich das Wasser im Mund zusammenlief. Ofenkartoffeln mit einer leckeren Füllung aus Käse, Mais, Erbsen, Oliven, Paprika, Tomaten, sauren Gurken, Ketchup und Mayonnaise. Wow!

»Gerne, ja!«, sagte ich, und Noyan lief hinunter. Er kam mit einem Tablett mit zwei riesigen Tellern und zwei großen Colas wieder hoch.

»Das sieht ja lecker aus. Aber, Noyan, das nächste Mal bezahle ich, ja?!«

»Efendim?« Er tat so, als hätte er nicht richtig gehört. »Ich weiß nicht, wie ihr das in Deutschland macht, hier ist das so üblich!«

Noyan zwinkerte mir zu.

Wir aßen und lächelten uns dabei an. Ich versuchte, so locker wie möglich zu wirken, doch ich passte höllisch auf, dass ich nicht kleckerte. Noyan war total cool. Er genoss den Kumpir, zwischendrin erzählte er Witze. Es war wirklich lustig. Plötzlich hatte Noyan einen riesigen Mayofleck auf dem T-Shirt.

»Oh!«, rief ich. Noyan wischte gleich drauflos. »Halt,

warte, so kriegst du den nie raus.« Ich setzte mich neben ihn und hob sein T-Shirt an. Dabei spürte ich seine festen Bauchmuskeln. Noyan zuckte. Ich streute etwas Salz auf den Fleck. »Das muss jetzt einziehen, und nach dem Waschen ist der Fleck weg.«

Als ich fertig war, blickte ich auf. Noyan hatte mich bei meiner Aktion beobachtet und grinste. »Ich will gar nicht, dass er weg ist. Ich werde das Shirt nie mehr waschen!«

In diesem Augenblick dachte ich, dass der Moment gekommen sei. Noyan legte seinen Arm um mich. Wir sahen uns lange an. Diesen Ausdruck, schwor ich mir, würde ich nie vergessen. Mir stockte der Atem.

»Noyan«, sagte ich leise. Im letzten Moment wandte er den Kopf ab und zog mich an sich. Er küsste mich nicht. Ich weiß nicht, warum, aber irgendwie war ich erleichtert. Ich legte meinen Kopf auf seine Schulter und schloss die Augen. Wortlos saßen wir so da. Ich war noch nie so glücklich gewesen.

»Warte mal, Tuana!« Als wir eigentlich gehen wollten und schon an der Tür standen, hielt Noyan mich zurück. »Ich zeige dir etwas.« Er zog mich zu den roten Wänden. »Eigentlich mache ich so etwas nicht, aber heute ist ein besonderer Tag, deswegen musste ich es einfach tun.«

Ich wusste erst nicht, was er meinte, dann sah ich, dass Paare ihre Namen an die Wand geschrieben hatten. Das war mir gar nicht aufgefallen, als wir reingekommen waren. Ich las ein paar Namen, dann sah ich Noyan fragend an.

»Kennst du die?« Noyan nahm meinen Zeigefinger und führte ihn an eine Stelle an der Wand. »Tuana und Noyan«, stand da. Neben dem Datum hatte er ein winziges Herz gemalt. Ich traute meinen Augen nicht und nahm mir fest vor: Nichts, aber auch gar nichts konnte mir diesen Tag verderben. Er würde als der schönste Tag meines Lebens in meine persönlichen Annalen eingehen.

Kapitel 15

Doch dann passierte noch am selben Abend etwas, womit ich nie gerechnet hätte. Nie im Leben hätte ich gedacht, dass sie so etwas zulassen würde. Sie war doch immer meine liebevolle Oma gewesen, meine süße Babaanne, nach der ich mich in Deutschland das ganze Jahr über so sehr gesehnt hatte. Und nun? Jetzt war alles ganz anders. Wie sollte ich nur aus diesem Schlamassel wieder herauskommen?

Wieso hatte sie nicht einfach Nein gesagt? Oder »Kein Interesse«? Wieso musste sie immer so freundlich sein, immer höflich und bloß nie, niemals jemanden verärgern? Natürlich war es nett, dass die Nachbarin meiner Oma half und dass dieser Spiderman mir erlaubte, seinen Internetzugang zu nutzen. Aber musste sie deswegen alles hinnehmen? Auch das? Ich konnte es nicht fassen!

Als ich nach meinem Treffen mit Noyan selig vor Glück nach Hause kam, sagte meine Oma, dass wir Besuch erwarteten. Sie hatte sich richtig in Schale geschmissen und trug ihr feines blau-grau geblümtes Kleid und ein farblich passendes Kopftuch. Sie hatte doch noch Açmas gemacht, und ich dachte erst, dass vielleicht unsere Verwandten aus İzmir, ihre Nichte mit Familie, kommen würden. O Mann, war ich naiv! Warum wollten diese Nachbarn, die nebenan wohnten, uns aus heiterem Himmel besuchen? Ich verstand es nicht. Meine Oma sagte nur, dass sie es nicht wüsste.

Komisch! Mindestens einmal am Tag tauschten die Nachbarin und meine Oma fehlende Zutaten aus, ab und zu auch den neuesten Klatsch. Und jetzt, jetzt wusste meine Oma nichts? Ich wollte sie weiter ausfragen, aber es war zu spät. Die Nachbarsfamilie stand bereits vor unserer Wohnungstür.

»Stell dich gerade hin«, sagte eine Männerstimme. Zum ersten Mal begriff ich, dass diese Stimme zu Spidermans Vater gehören musste. Bis dahin dachte ich, dass ich immer den Nachbarssohn gehört hatte. Aber ich hätte daraufkommen können, dass das Mamasöhnchen keinen Pieps von sich geben konnte, so wie der drauf war. »Gut siehst du aus, mein Sohn. Maşallah!«, sagte die Frauenstimme stolz, und sie schallte durch das ganze Treppenhaus. Wie peinlich! Ich konnte mir richtig vorstellen, wie die Nachbarin ihrem erwachsenen Sohn den Pony glatt strich. »Hier, du nimmst die Blumen und die Schokolade!« Das war das Letzte, was ich hörte, bevor an der Tür meiner Oma der Kanarienvogel ertönte.

Meine Oma zog aufgeregt an meinem Top und versuchte, meinen Bauchnabel zu bedecken.

»Lass das!«, zischte ich. Ich hatte mich geweigert, mich umzuziehen, und sie hatte daraufhin damit gedroht, hinterher meinen Vater anzurufen. Was hatte sie denn auf einmal? Warum waren diese Leute so wichtig?

»Was wollen die hier, Oma, jetzt sag doch endlich!« Ich versuchte es erneut.

»Şşşşt!« Bevor meine Oma die Tür aufmachte, warf sie mir noch einen mahnenden Blick zu. Nichts schien ihr wichtiger, als dass sie sich bloß nicht blamierte. Als sie dann ihrer Nachbarin an der Türschwelle die Hand zum Küssen hinhielt, stieß sie ein gekonnt fröhliches »Ooooo« aus. »Hoşgeldiniz, sefalar getirdiniz!«

Ich begrüßte die Nachbarseltern widerwillig, aber dennoch höflich, so, wie es sich gehörte. Nur küsste ich ihnen nicht die Hand, auch wenn ich sie so um die fünfzig schätzte. Ihr hochgewachsener Sohn, der bestimmt ebenso wenig Lust auf diesen Besuch hatte wie ich, versuchte sich hinter dem Vater zu verstecken. Als dieser bemerkte, wie peinlich sein Sohn sich verhielt, wich er zur Seite und schob Spiderman nach vorne. Der küsste meiner Oma die Hand, führte sie zur Stirn und übergab ihr mit gebeugtem knallroten Kopf die Pralinen.

»Danke schön, mein Sohn!«, sagte meine Oma und legte die Schachtel auf den Dielenschrank. Nach einem Schubser von seiner Mutter übergab der Nachbarssohn mir einen mit Schleifen und Schlaufen übersäten überdimensionalen Blumenstrauß und streckte mir schüchtern grinsend die Hand entgegen.

Ich berührte sie nur kurz und zog sie sofort zurück. Iiih! Warum wunderte es mich nicht, dass er eine feuchtwarme, gummiweiche Hand hatte?

»Buyrun, buyruuuun!«, sagte meine Oma und zeigte

ins Wohnzimmer. Nachdem sie sich gesetzt hatten, starrten mich auf einmal alle an – bis auf den schüchternen Typen natürlich. Jetzt war ich es, die reflexartig mein Top nach unten zerrte. Ich sah fragend zu meiner Oma hinüber. »Wie geht's dir, mein Kind?«, fragte Spidermans Mutter mich. Sie hatte hautfarbene Kniestrümpfe über ihre bunt geblümte Pyjamahose gezogen, die sie unter dem Kostümrock trug. Jetzt, wo sie saß, konnte man sie deutlich sehen. Ich nickte, lächelte und wollte gerade antworten, da wandte sie sich meiner Oma zu. »Sie ist ganz schön groß geworden und so hübsch!«

Meine Oma nickte stolz. Ich wunderte mich, woher die Frau mich kannte, und stöberte angestrengt in meiner Erinnerung, ob ich sie früher schon mal gesehen hatte. »Jaja, die Zeit vergeht schnell«, sagte der Vater. »Du kennst ja unseren Sohn, er ist so ein aufrechter, ehrlicher Junge.«

Aufrecht?! Ich dachte, ich hörte nicht richtig! Ich meine, o Mann, am liebsten hätte ich diesem Kerl auch gerne einen Schubs gegeben, damit er sich endlich mal aufrichtete. Von wegen Spiderman! Mir fiel auf, dass ich gar nicht wusste, wie sein Gesicht eigentlich wirklich aussah.

»Und er hat eine goldene Zukunft vor sich«, fügte seine vor Stolz platzende Mutter hinzu.

Meine Oma nickte weiter lächelnd mal dem Mann, mal der Frau zu. Irgendwie hatte ich auf einmal das Gefühl, sie wünschte sich genauso wie ich, dass diese Leute bald wieder gingen. Und plötzlich schien es ihr zu warm zu werden. Irgendetwas war in der Luft. Es stank, ohne dass man etwas riechen konnte.

Erst fächerte sich meine Oma Luft zu, dann stand sie, weiter höflich lächelnd, auf und öffnete noch ein weiteres Fenster.

Spidermans Eltern sahen sich an. Die Frau zog ihr Kopftuch fester, hob die Augenbrauen streng nach oben und warf ihrem Mann eine stumme auffordernde Geste zu. Auf einmal wurde es ganz still. Ich heftete meinen Blick auf meine Oma und hoffte, dass sie etwas sagen würde.

Der Vater räusperte sich. »Verehrte Schwester, ich weiß, ähm, ihre Eltern sind nicht hier, und gewiss, auch sie müssten noch gefragt werden. Aber du, du bist die Älteste eurer Familie, und da dachten wir …«

Ich spürte eine Bewegung und sah reflexartig in die Richtung. Der Nachbarssohn hatte aufgesehen, zum ersten Mal, und sah mich grinsend an. Redete sein Vater etwa über mich? Der Mann räusperte sich erneut. »Also, ähm …« Und dann, dann kam der verhasste rituelle Spruch, den ich schon so oft in alten türkischen Filmen gesehen hatte. »Mit Gottes Befehl und Zustimmung des Propheten bitten wir um die Hand deiner Tochter, ähm, ich meine, deiner Enkelin.«

Ich starrte mit offenem Mund in die Runde. Meine Oma regte sich nicht. Ihr höfliches Lächeln war wie in ihr Gesicht gemeißelt. Die seltsame Familie schien erleichtert. Der Vater war sichtlich froh, dass er seine Aufgabe hinter sich gebracht hatte. Ich starrte in ihre Gesichter und konnte diesen Albtraum, den ich da gerade erlebte, nicht fassen. Wie in Trance stand ich auf. Dann folgte ein Schritt. Der nächste. Auf einmal spürte ich nur noch meine Beine. Ich riss die Eingangstür auf, packte meine Tasche und meine Schuhe und stürzte raus. Ich rannte die Treppen barfuß hinunter, ohne nachzudenken oder zurückzublicken. Weg hier!, pochte mein Herz.

Draußen war es stockdunkel. Völlig außer Puste, versteckte ich mich am Hauseingang rechts um die Ecke. »Tuana! Kızım, nerdesin? Tuana!« Meine Oma rief nach mir. Sie stand ganz sicher auf dem Balkon, aber sie konnte gleich auch in ihr Schlafzimmer gehen und von dort aus dem Fenster hinunterschauen. Ich presste mich dicht an die Wand, um nicht gesehen zu werden, schlüpfte in meine Sandalen und flitzte wie benommen durch das Gartentor hinaus. Ich nahm nicht den üblichen Weg auf der Balkonseite, sondern lief um das Haus herum. Die Straße hier musste auch zu den Dolmuş-Bussen führen. Ich rannte sie hinunter und wunderte mich über das, was ich tat. Es war wie in einem Traum. Ich sah mir selber zu und konnte mein eigenes Handeln nicht verstehen. Meine Beine liefen und liefen. Wo sollte ich nur hin?

Es gab zwar Straßenlaternen, trotzdem war dieser Weg dunkler als der andere. Es musste schon neun oder halb zehn sein. Straßenhunde bellten in der Ferne, manchmal liefen sie wie Schatten an mir vorbei. Normalerweise hatte ich keine Angst vor ihnen, wohl aber, wenn sie in Gruppen wie zweifelhafte Gangs durch die Straßen zogen und ein großes Bellkonzert veranstalteten. Hatte ich überhaupt noch genügend Lira, um in ein Sammeltaxi zu steigen? Neulich auf dem Weg nach Beyoğlu hatte ich mit Yaren zusammen in einem

Wechselbüro hundert Euro gewechselt, aber ich hatte mir dort Klamotten gekauft und dann auch immer wieder Geld für die Fahrten gebraucht. Gut, sonst hatte Noyan alles bezahlt, doch ich war mir nicht mehr sicher. Überhaupt konnte ich nicht mehr richtig denken. Als ich an der Haltestelle war, sah ich nach. Ich hatte noch fünfzehn Lira. Das würde für ein paar Fahrten reichen, also stieg ich in den nächsten Dolmuş nach Kadıköy ein. Erst auf der Fahrt realisierte ich allmählich, was eben passiert war. Spann meine Oma jetzt total? Obwohl, wenn ich an ihren erstarrten Gesichtsausdruck dachte, als der Nachbar seinen Spruch abgelassen hatte, dann konnte ich mir nicht vorstellen, dass sie von deren Absicht etwas gewusst haben könnte. Aber allein die plötzliche Ankündigung ihres Besuchs oder spätestens ihr Erscheinen mit Pralinen und Blumenstrauß hätte meine Babaanne stutzig machen müssen. Gut, ich selbst war ja auch nicht daraufgekommen. Aber wie denn auch? Wer macht denn so etwas Ungeheuerliches, so etwas Mittelalterliches? Ich war empört, schockiert, ich fühlte mich verraten, verkauft. Ha! Das war's! Verkauft für das Anzapfen am Netz. Dachte dieser Hasan, dass ich ihm dafür meine Hand schuldete? Früher hätte man dafür Gold und Schafe verlangt. War das die moderne Brautschau, oder was? Was bildeten sich dieser Kerl und seine Familie bloß ein?

Der Dolmuş war zum Glück noch voll, kaum ein Unterschied zu tagsüber. Darüber brauchte ich mir also keine Sorgen zu machen, von wegen, dass ein Mädchen nicht so spät noch allein unterwegs sein sollte. Bei uns in Essen war das eher ein Problem als hier. Da war um die Zeit kaum noch jemand auf der Straße.

In Kadıköy hielt der Minibus an, ich stieg aus. Überall leuchtete es. Am Ufer wurden weiter entfernt historische Gebäude mit riesigen Scheinwerfern angestrahlt, Lichter in Fähren und Booten flimmerten genauso wie die bunte Leuchtreklame überall an den Gebäuden, die Scheinwerfer der Autos und Busse spiegelten sich auf den Wegen. Auch am Ufer waren um diese Zeit die Straßen und die Promenade so belebt wie am Tag. Dennoch überkam mich ein Gefühl der Einsamkeit. Wo sollte ich hin? Was machte ich hier? Noyan! Sollte ich ihn anrufen? Noch vor ein paar Stunden waren wir hier gemeinsam gewesen, und nun war ich wieder da … mit ganz anderen Gefühlen, wegen etwas, was ich nie für möglich gehalten hätte. Yeşilçam, das Hollywood der Türkei, ließ grüßen. Ich war so sauer! Als Szene in einem Film wären diese merkwürdigen Figuren und ihr Verhalten urkomisch gewesen, in Wirklichkeit durfte so etwas aber nicht passieren. Und doch war es ausgerechnet mir passiert. Ich holte mein Smartphone heraus und ging langsam die Promenade entlang, tat so, als sei ich irgendwohin unterwegs, um nicht mit meiner Verzweiflung aufzufallen.

Ich hielt es nicht lange aus. Ich rief Noyan an. Hinterher schämte ich mich dafür, denn ich ging davon aus, dass er längst zu Hause in Mecidiyeköy war. Ich hätte ihn völlig umsonst in Sorge versetzt, ohne dass er etwas für mich hätte tun können. Aber so war es nicht. Was für ein Glück. Noyan hatte nach unserem Treffen vorhin nicht die lange Fahrt auf sich nehmen wollen und war auf der asiatischen Seite geblieben. Außerdem wollten wir uns am nächsten Tag wieder hier treffen, also dachte er sich, dass es Unsinn war, den weiten Weg zweimal zu fahren. Er hatte einen Onkel, bei dem er übernachten konnte. Gerade aber war er noch mit einem Freund in Kadıköy unterwegs.

»Wo bist du? Ich hole dich ab«, sagte er ernst, nachdem ich ihm aufgeregt und atemlos geschildert hatte, was passiert war. Er konnte es erst nicht glauben, aber dann, als er erfuhr, dass ich deswegen abgehauen war, hörte er sich sehr besorgt an. Das ist ein Geschenk des Himmels, dachte ich nur. In dieser ausweglosen Situation würde Noyan zu mir kommen. Ich hatte mich noch nie so verloren gefühlt, und nun würde er bald bei mir sein.

Keine zehn Minuten vergingen, da war Noyan auch schon da. Sein Freund war nicht dabei. Er wollte irgendwo auf ihn warten. Als Noyan sah, wie aufgewühlt und außer mir ich war, hatte er eine Idee.

»Komm«, sagte er. »Wenn wir uns beeilen, schaffen wir noch die Fähre nach Karaköy. Es ist etwas ganz anderes, nachts auf dem Meer zu sein.«

Ich zögerte ein wenig. Jetzt noch auf die europäische Seite fahren? In dem Moment war es mir zwar egal, dass meine Oma sich Sorgen machte, das hatte sie verdient! Aber so weit weg zu sein bereitete mir dann doch etwas Unbehagen.

»Die Fahrt dauert nur eine halbe Stunde, und wir steigen sofort wieder in die nächste ein und fahren zurück.«

Ich beschloss, meiner Oma irgendwann von unterwegs Bescheid zu geben, aber Noyan bestand darauf, dass ich sie sofort anrufen sollte.

»Aber jetzt müssen wir uns erst beeilen«, sagte er. »Sonst ist das Schiff weg.«

Noyan packte mich an der Hand, und wir rannten los.

Der Hafenarbeiter hatte das Tor schon fast zugeschoben. »Abi, bizi bekle!«, rief Noyan ihm zu. Der Mann stoppte, zog das Tor ein wenig zurück, sodass wir noch durchkamen. Die Taue waren bereits gelöst, das Schiff hatte sich schon ein wenig vom Ufer entfernt. Ein anderer Arbeiter war dabei, den Einsteigesteg an Land zu ziehen. Er hörte sofort auf, als ihm sein Kollege zurief, dass noch Passagiere kamen. »Gerek yok, abi.« Noyan sprang ohne Holzsteg rüber auf das Schiff, hielt mir seine Hand hin und zog mich auch zu sich. Geschafft.

Wir stiegen die Treppen hinauf in das obere Stockwerk und liefen durch den Innenbereich nach draußen. Es war noch sehr warm, und es wehte ein leichter Wind. Das Schiff ging bald vom Schaukeln in ein zügiges Fahren über, begleitet von Motorengeräuschen und dem Rauschen des Wassers. Wir sahen hinunter. Nachts strahlte die Gischt, die um den Bug des Schiffes schäumte, im tiefen Schwarz des Meeres schneeweiß.

Noyan wollte alles noch mal genau wissen. Vor allem, wer dieser Typ war, der um meine Hand anhalten ließ, wie er dazu kam, woher und wie lange ich ihn kannte. Er sah mich ungläubig an, als ich sagte, dass ich ihn nur ein paarmal im Treppenhaus und im Fahrstuhl gesehen hatte. »Stell dir vor, sein Netzwerk-Name ist sıpaydırmen_hasan!«

Als Noyan das hörte, bekam er einen Lachanfall. »Das glaub ich nicht! Nein, das kann nicht sein!«, sagte er immer wieder und krümmte sich dabei. So hatte ich ihn noch gar nicht erlebt. Als er sich beruhigt und die Absurdität der ganzen Sache vollständig begriffen hatte, ging er dazu über, mich zu beruhigen. »Tuana, erstens kann dich niemand zu irgendetwas zwingen, zweitens kann ich mir nicht vorstellen, dass deine Oma geahnt hat, was sie vorhaben, und drittens würde das niemand zulassen.« Seine Worte klangen wohltuend. »Jetzt ruf bitte deine Oma an, sie macht sich bestimmt große Sorgen!«

Ich nickte einsichtig. Ich war so sauer auf sie gewesen, aber jetzt setzte sich das schlechte Gewissen wie ein Kloß in meinen Hals. Was, wenn meiner Oma etwas passiert war? Sie hatte ein schwaches Herz und war sowieso immer so überbesorgt! Ich zog schnell das Smartphone aus meiner Tasche. O mein Gott! Ich hatte total vergessen, es nach heute Mittag wieder von lautlos umzuschalten. Ich hatte es auf stumm gestellt, damit niemand mich bei meinem Date mit Noyan stören konnte.

Fünf versäumte Anrufe! Yaren und meine Tante hatten immer wieder versucht, mich zu erreichen. Alles innerhalb der letzten halben Stunde. Direkt nachdem ich Noyan angerufen hatte. Vermutlich hatte meine Oma ihnen Bescheid gegeben. Sie hatte meine neue, türkische Handynummer noch nicht, weil es sich nicht ergeben hatte. Na ja, vielleicht auch ein bisschen deswegen, weil ich nicht ständig von ihr angerufen werden wollte, wenn ich mich mal verspätete.

Meine Babaanne ging nicht ans Telefon. Das machte mich fast panisch. »Geh ran, Oma, bitte«, bettelte ich in Gedanken. Es dauerte ewig.

»Efendim? Kim? Tuana, sen misin?«, fragte Oma hektisch und heiser. Hatte sie geweint? War ich erleichtert, als ich ihre Stimme hörte!

»Wie geht's dir, Babaanne, bitte sag, ist alles gut?«

»Gott sei Dank! O Gott, ich danke dir! Ich habe so Angst um dich gehabt ... Kind, wo bist du?«

»Mir geht es gut, Babaanne, ich wollte dir keine Angst machen, aber ich ...«

»Komm heim, mein Kind!«

»Oma, ich ... nein!«

»Nein? Was soll das heißen? Wo bist du? Was soll ich deinen Eltern sagen? Steig sofort in ein Taxi!«, sagte Oma streng.

Wie konnte sie sich das herausnehmen? Unerhört fand ich das. Sie hatte uns schließlich diese Situation eingebrockt.

»**Nein** heißt Nein«, konterte ich. »Wo soll ich hinkommen? Zu dir und deinen Nachbarn? Was hast du noch mit mir vor? Erst bist du so streng, und dann willst du mich verheiraten! Erzähl *das* doch mal meinen Eltern! Was ist bloß los mit dir?«

»Ach, Tuana, Kind ... so ist das nicht«, sagte Babaanne mit ruhiger Stimme. »Ich wusste nicht, was sie vorhatten ... Sie haben zwar gesagt, dass sie in einer gesegneten Sache kommen würden, aber Kiraz hanım hilft mir doch immer, da dachte ich … Außerdem bist du doch erst fünfzehn. Ich war selbst schockiert. Ich habe mit ihnen geschimpft. ›Was fällt euch ein?‹, habe ich gesagt, glaub mir!«

»Aha?!«, spottete ich. »Du hast sie also rausgeschmissen, deine lieben Nachbarn?« Ich steigerte mich richtig rein. Noyan legte besänftigend seine Hand auf mein Knie und schüttelte den Kopf. So, als wolle er sagen, dass ich es nicht übertreiben sollte.

»Und warum bist du auf einmal so misstrauisch und willst mich andauernd kontrollieren und mir alles verbieten?«

Meine Babaanne sagte nichts. Mir fiel ihre Aussage von heute Morgen ein. Ich musste die Situation einfach ausnutzen, jetzt, wo meine Oma so große Angst um mich hatte. »Dann sag mir, wer hat dir was erzählt? … Das hast du heute Morgen nicht verraten.«

Meine Oma wusste sofort, wovon die Rede war. »Kind, komm heim, ich erkläre es dir«, bettelte sie.

»Nein, Babaanne! Sag es mir jetzt, sonst komme ich nicht!«

Ich weiß, das war Erpressung, aber es musste sein.

Meine Oma schwieg, dann jammerte sie, so wie es Omas immer mal wieder zu tun pflegen. »Vay, başıma gelenler! Bunları da mı görecektim?«

Ich konnte mir richtig vorstellen, wie sich meine Großmutter klagend auf die Knie schlug.

»Babaanne!«, sagte ich darauf nur mahnend und stur. »Sag es jetzt!«

»Kind, was sollte ich tun? Yaren hat gesagt, dass du …« Sie druckste herum.

Als ich den Namen meiner Cousine hörte, stockte mir der Atem. Sie? Ihr hatte ich das zu verdanken? Klar! Jetzt fiel es mir wie Schuppen von den Augen. Nachdem meine Oma neulich mit ihr telefoniert hatte, war sie auf einmal so seltsam geworden!

»Was? Was hat sie gesagt?«

»Na, dass du nur hinter Jungs her seist.« Meiner Oma schien das Thema sehr peinlich zu sein, vielleicht auch die Tatsache, dass sie nun ihre andere Enkelin verriet. »Yaren hätte kein vernünftiges Wort mit dir reden können, immer würdest du jungen Männern schöne Augen machen. Sie sagte, dass man auf dich aufpassen müsste, sonst würdest du uns Schande machen.«

Mein Mund klappte auf und zu. Ich sah Noyan fassungslos an. Er hob fragend die Hände und formte mit seinen Lippen stumm »Was ist los?«. Ich schüttelte ungläubig den Kopf und wandte mich wieder meiner Oma zu. »Du vergisst wohl, dass ich auch deine Enkelin bin. Wie kannst du ihr nur glauben und mich so behandeln?«

»Ach, Kind, verzeih mir … Komm jetzt nach Hause, bitte!« Meine Oma begann zu weinen. Das tat mir richtig leid, und ich wollte sie auch nicht weiter quälen. Schließlich konnte sie nichts dafür, dass meine Cousine eine solche Hexe war.

»Ich komme bald, Oma, mach dir keine Sorgen.«

Bevor wir auflegten, sagte ich ihr noch, dass es etwas

dauern könnte, weil ich schon zu weit gefahren sei, und dass ich sie noch mal anrufen würde.

Yakamoz 7

31.7.

Dass ein Schwarz so hell sein kann …
Das Leuchten in deinen dunklen Augen führt direkt in den Kern meines Seins. Ich kann das Glück nicht verfehlen, bin mir des rechten Weges gewiss auf ewig. Es gibt nur eins, wogegen ich machtlos bin. Ich fürchte mich vor deiner Angst.

Kapitel 16

Eigentlich wollte ich noch Yaren und damit auch meine Tante mit einem Anruf beruhigen. Ich ließ es bleiben. Noyan wunderte sich nicht sonderlich, als Yarens Name fiel, während ich über die Ursache für das seltsame Verhalten meiner Oma sprach.

Er nickte nur. »Schlimm, es ist sehr schlimm, wenn man von einer Vertrauensperson hintergangen wird.«

»Ja, das ist es!«, seufzte ich und konnte immer noch nicht fassen, dass Yaren so etwas getan hatte. Wollte sie etwa auf diese Art sichergehen, dass ich mich nicht mit Noyan traf? Das konnte doch nicht sein? So sehr konnte sie sich doch nicht um mich sorgen! Ich schämte mich, dass Noyan nun mitbekam, wie schräg und gemein meine Cousine war.

»Wie gut kennst du sie eigentlich?«, fragte ich ihn.

»Na, so wie die anderen auch, die mit mir zum Uni-Kurs gehen.«

»Ich … ich habe mich gestern total gewundert, dass ihr denselben Kurs besucht. Davon hatte sie mir nichts erzählt.« Nach einer Atempause fügte ich leise und vorsichtig hinzu: »Und du ja auch nicht.«

Noyan hob erstaunt die Augenbrauen. »Du wusstest das nicht? Ich dachte, das hätte Yaren dir bestimmt erzählt.«

Ich schüttelte betont langsam den Kopf. »Das ist es ja, was mich verwirrt hat. Ich war gestern völlig schockiert, als sie plötzlich aufgetaucht ist.«

»Ach so!«, sagte Noyan nachdenklich.

Ich nahm mir vor, morgen mit Yaren ein paar ernste Worte zu reden. Erst mal aber war ich froh, dass meine Oma einsichtig war und ich wieder ruhigen Gewissens zu ihr nach Hause konnte.

»Kann es sein …«, fragte Noyan leise. Er wirkte nachdenklich. »Kann es sein, dass es auch Yaren war, die behauptet hat, ich hätte eine Freundin?«

Ich erschrak, wusste nicht, was ich sagen sollte. Mir fiel nichts ein, keine Ausrede, kein spontaner humorvoller Satz, der ablenken konnte, einfach nichts. Ich sah ihn nur regungslos an und dachte angestrengt nach. Was sollte ich jetzt sagen?

Noyan merkte offensichtlich, dass ich mich in einer Zwickmühle befand, und rettete mich.

»Guck mal«, sagte er plötzlich und zeigte auf die Brücke, die hell erleuchtet war. »Wir sind gleich da.«

Ich war froh, dass er das Thema wechselte. Wann würden er und ich wieder die Gelegenheit bekommen, um diese Zeit gemeinsam unterwegs zu sein? Wir mussten versuchen, es zu genießen, auch wenn der Anlass für unser überraschendes Treffen ein ziemlich hässlicher war.

Es war die Galata, auf die Noyan deutete und die die Bucht Haliç, das Goldene Horn, überspannte. Unter der Fahrbahn der Brücke reihten sich Cafés, Bars und Restaurants, die mit hellen Lichtern späte Besucher anlockten. Oberhalb am Geländer standen Angler. Noyan erzählte mir, dass das quasi die Nachtschicht war. Rund um die Uhr würden hier alte und junge Leute, Bedürftige oder Hobbyangler ihr Glück versuchen.

»Komm«, sagte Noyan. Wir standen auf und stellten uns an die Brüstung. Während wir auf die Brücke sahen, dachte ich an meine Eltern. Dort hatten sie sich damals als junges Paar getroffen, waren gemeinsam mit der Fähre hingefahren. Und nun stand ich mit Noyan auf der gleichen Fähre, blickte auf dieselbe Brücke, in derselben Stadt, und das Schönste war, auch wir waren jetzt ein Paar.

Wir näherten uns dem Hafenviertel Karaköy. Die beleuchteten Minarette, die Häuserfassaden und die Straßen, die in alle Richtungen führten, die Scheinwerfer der Autos, alles zusammen tauchte die Kulisse an der Küste und weiter hinten an Land in ein Lichtermeer. Der warme Sommerwind, der inzwischen stärker geworden war, verwehte meine Haare, und ich musste mir die Strähnen aus dem Gesicht streichen, um weiter einen freien Blick auf die wundervolle Skyline zu haben. Irgendwann wandte ich mich dem Wind entgegen, um mir die Haare aus dem Gesicht nach hinten wehen zu lassen. Dabei blickte ich plötzlich auf ein noch traumhafteres Bild. Ich war überwältigt. »Da, da! Sieh mal, Noyan, da!«, rief ich und umfasste vor lauter Aufregung seine Hand. Danach war ich sprachlos. Ein riesiger Halbmond stand hell am Himmel inmitten von Tausenden Sternen. Sein Licht flimmerte im Meer, und der Wellengang machte das Mondlicht im Wasser lebendig. Und das alles vor dem Hintergrund der flackernden Istanbul-Kulisse. Das raubte mir den Atem. Ich fühlte mich verzaubert. Wie bei einem Déjà-vu musste ich an jenen Abend denken, als ich in Deutschland bei mir am Fenster stand, den Mond betrachtete und gleichzeitig Noyans Nachricht erhielt. Nach dieser Nacht hatte ich entschieden, hierherzukommen, hatte dann alles genau geplant und meine ganze Kraft dafür eingesetzt, wieder bei ihm zu sein. Und nun, nun stand ich genau hier auf einem Schiff mitten auf dem Marmarameer, und wir betrachteten gemeinsam den Mondschein im Wasser.

So dachte ich jedenfalls. Noyan hatte die ganze Zeit nichts mehr gesagt. Ich wandte mich ihm zu und merkte erst jetzt, dass er gar nicht auf das Meer sah, sondern mich beobachtete. Er lächelte dabei. »Das ist nicht mal annähernd so schön wie das Leuchten deiner Augen!«, sagte er, und ich musste blinzeln, weil ich seinem eindringlichen Blick nicht standhalten konnte. »So etwas habe ich noch nie gesehen«, sagte ich und versuchte, seine Aufmerksamkeit auf den Mond und seine Reflexion im Wasser zu lenken. Aber Noyan sah mich weiterhin an. »Wenn wir Glück haben, dann zeige ich dir etwas, woran ich immer denken muss, wenn ich in deine Augen sehe«, sagte er geheimnisvoll. »Dann wirst du erkennen, was du mir bedeutest …«

»Was … was ist es denn? Wann zeigst du es mir?«, fragte ich aufgeregt, aber Noyan winkte ab.

»Versprechen kann ich es dir nicht. Es muss nachts sein, und dann, dann können wir nur hoffen …«

Wow! Mehr noch als das Romantische reizte mich das Rätsel in seinen Worten.

»Aber ich möchte es dir zeigen«, sagte Noyan. »Nicht davon erzählen! Worte können es nicht beschreiben.«

Ich konnte schon nicht glauben, was ich hier erlebte. Was könnte denn diese Schönheit übertreffen?

Während wir uns unterhielten, näherte sich unser Schiff immer weiter der Küste, wurde langsamer. An den nahenden Rufen der Hafenarbeiter und dem Dröhnen der Motoren konnte man erkennen, dass wir bald anlegen würden. Die wenigen Fahrgäste, die sich noch auf dem Oberdeck befanden, machten sich bereit wie die, die zuvor gegangen waren, nach innen und dann hinunterzugehen, um die Fähre zu verlassen. Ich dachte, wir müssten jetzt auch gehen, und wollte mich beeilen, den Leuten zu folgen, aber Noyan hielt mich fest und zog mich an sich. Die Wellen schäumten auf, das Schiff schaukelte mich in seine Arme. Ich sah ihn an, und als seine Lippen meine berührten, schloss ich die Augen, ließ mich fallen, verlor mich in unserem Kuss. Mächtige Gefühle überkamen mich, rissen mich auf und davon, wie riesige Sturmwellen. Seine Haut, sein Haar dufteten nach Sonne und Wind. Noyan! Nichts anderes wollte ich mehr sagen, nichts anderes mehr hören und fühlen.

Mit einem Ruck dockte das Schiff am Hafen an, rüttelte uns wach. Automatisch hielten wir uns noch fester. Das war er also! Unser erster Kuss. Wir lächelten uns an, und in seinen Augen sah ich nichts als Glück.

»Wir …« Noyan räusperte sich. »Wir müssen uns jetzt beeilen! Schnell!«

Das Oberdeck war komplett verlassen, wir waren ganz allein dort oben. Wie auf Kommando liefen wir lachend in die Kabine und dann hinunter. Als wir an der Treppe ankamen, drehte sich der Arbeiter am Steg erschrocken zu uns rüber.

»Kusura bakma, abi«, entschuldigte sich Noyan. Auf der anderen Seite des Tors standen schon die Passagiere für die Rückfahrt nach Kadıköy an. Noyan sagte dem Mann irgendetwas, was ich nicht so richtig hören konnte, nur bruchstückhaft. Der Hafenarbeiter grinste, zwinkerte uns zu und zeigte auf die Treppen.

»Sağol, usta!«, sagte Noyan, und wir liefen Hand in Hand die Treppen wieder hoch.

»Was ist los?«, fragte ich erstaunt. Ich hatte nicht verstanden, was gerade passiert war.

»Er hat uns die Rückfahrt geschenkt«, sagte Noyan leise. »Wir haben uns das Aus- und Einsteigen gespart.«

»Und wie hast du das gemacht? Was hast du ihm gesagt?«

Aber Noyan drückte mir seinen Zeigefinger auf die Lippen. »Pst!«

Wir setzten uns auf den Platz von vorhin. Noyan legte den Arm um mich. Ich schmiegte mich an ihn und genoss seine Wärme. Das Schiff nahm Fahrt auf, und es wurde immer kühler.

»Wenn du möchtest, gehen wir rein«, schlug Noyan vor,

aber ich wollte draußen bleiben und noch die Aussicht und die Meeresluft in dieser unglaublichen Sommernacht genießen. Ich hatte den Kızkulesi, der kunstvoll beleuchtet war, entdeckt. Das war ein alter Leuchtturm, und sein Name bedeutete *Mädchenturm*.

»Kennst du die Geschichte?«, fragte Noyan. Ich hatte sie mal gekannt, aber ich hatte sie vergessen und ließ sie mir gerne von ihm erzählen. Während er sprach, erinnerte ich mich wieder daran. Mein Vater hatte sie mir vor langer Zeit mal erzählt.

Nach der Überlieferung wurde einem König geweissagt, dass seine Tochter durch Gift umkommen würde. Vor lauter Angst um seine geliebte Tochter sperrte er sie jahrelang in den Turm. Doch die Prinzessin starb trotzdem – durch das Gift einer Schlange, die sich in einem Obstkorb versteckt hatte.

»Und die Moral von der Geschichte ist *was*?«, fragte mich Noyan plötzlich ernst.

Ich fühlte mich wie in einer Prüfung. Irritiert antwortete ich ebenso ernst: »Na, dass du deinem Schicksal nicht entkommen kannst!«

Er verzog die Lippen, bis man seine Zähne sehen konnte, und verkrampfte die Finger, sodass sie aussahen wie Krallen. »Ha! Und du, du bist mein Schicksal!« Noyan verstellte seine Stimme und versuchte, gruselig zu wirken. Dann stürzte er sich plötzlich auf mich und begann, mich zu kitzeln, was ich überhaupt nicht aushalten konnte. Ich schrie. Es war unvermeidbar. Und je mehr ich mit aller

Kraft versuchte, mein Kreischen zu unterdrücken, umso mehr quietschte ich.

»Na«, fragte er nach einer Weile. »Ist dir warm?« Ich schüttelte den Kopf, obwohl mir längst total warm geworden war.

»Na dann ...« Ich dachte, Noyan würde weitermachen, und ich verkrampfte mich schon, aber er lächelte und winkte dem Mann mit dem Tablett zu, der immer herumlief und Tee oder andere Getränke anbot. »Damit dir wärmer wird«, sagte Noyan und kaufte uns beiden einen süßen Apfeltee. Lecker! »Eigentlich würde jetzt ein Simit gut passen, aber um die Zeit wird es keine mehr geben«, sagte Noyan. »Morgen zum Frühstück, okay?«

»Zum Frühstück?«, fragte ich etwas beunruhigt, weil ich plötzlich an meine Oma denken musste. Das würde nur wieder Stress bedeuten.

Noyan lachte. »Nein, nur Spaß«, sagte er. Er meinte, dass ich die Situation mit meiner Familie nicht überstrapazieren sollte. »Aber am liebsten würde ich dich überhaupt nicht mehr gehen lassen und alle meine Tage mit dir aufwachen, frühstücken und mit dir einschlafen.«

Die kultigen Sesamkringel, versprach er mir, würden wir uns auch so kaufen können. Noyan schaffte es immer wieder, mein Herz zum Tanzen zu bringen. Bisher war er es immer gewesen, der mich geküsst hatte, aber diesmal ergriff ich die Initiative. Ich ließ meine Liebe durch meine Lippen sprechen und spürte mit meinem ganzen Sein, dass Noyan die Liebe meines Lebens war.

Kurz vor dem Anlegen in Kadıköy rief ich meine Oma an. »Ich bin gleich da, Babaanne, vielleicht noch fünfzehn Minuten.«

Sie tat ganz ruhig, aber ich hörte es ihr an, dass sie sehr besorgt und aufgewühlt war und es wohl kaum ausgehalten hatte. »Wenn du jetzt nicht angerufen hättest ... ach, Kind, Gott sei Dank. Pass auf dich auf, ja?«

Noyan bestand darauf, dass ich mit dem Taxi fahren sollte. Er hielt nicht nur eines dieser gelben Taxis an, die überall und zu jeder Zeit zu sehen waren, sondern fuhr gleich mit bis zu meiner Oma. Er ließ mich auch die Fahrt nicht bezahlen, obwohl ich mich wehrte, aber es half überhaupt nichts. Wenn ich zu sehr darauf bestand, eine Rechnung zu übernehmen, dann fürchtete ich, ihn zu beleidigen oder zumindest zu enttäuschen, denn es kam für ihn gar nicht anders infrage.

Ich dirigierte den Fahrer zur Straße auf der Hinterseite des Hauses meiner Oma, zu der, die ich vorhin hinuntergeflüchtet war. Dort war es dunkler, und meine Oma konnte uns nicht sehen. Sie war bestimmt auf der anderen Seite auf dem Balkon und hielt nach mir Ausschau. Sicherheitshalber gab ich Noyan im Auto einen Kuss zum Abschied. »Jetzt weißt du auch, wo ich wohne«, sagte ich, und bevor ich ausstieg, dankte ich ihm für diesen Tag, den ich nie vergessen würde.

Noyan ließ das Taxi erst anfahren, nachdem ich hinter dem Gartentor verschwunden war. Ich war unbeschreiblich glücklich, als ich auf die Klingel drückte und den Kanarienvogel meiner Oma zum Singen brachte.

Yakamoz 8

31.7.
Tuana

Wie der erste Regentropfen, der in den Himmel fiel
Wie das Licht in Gottes Schöpfung
Es begann mein Leben mit deinem Lächeln

Wie das Licht, das im Meer gezündet wird
Es kann olivenschwarz mich blenden
Wie deiner Augen Blicke, die mir zur Sonne wurden

Refrain:
Wehende Winde trugen dich fort
Doch Meereskinder kommen zurück
Komm, verweile
Yakamoz

Kapitel 17

Ich glaube, in all den Jahren, seit es mich gab und wir sie besuchten, hatte sie mich noch nie so fest umarmt, so herzlich gedrückt und so oft geküsst wie in jener Nacht, als ich an der Tür stand. Nicht mal aus Sehnsucht, obwohl wir meistens leider nur einmal im Jahr zu ihr in die Türkei fliegen konnten. Ihr Puls war erhöht, ihr Blutdruck hatte kritische Werte erreicht, und nur weil meine Oma schon lange darunter litt, wusste sie, wie sie damit umzugehen hatte, und es war – Gott sei Dank – nichts Schlimmes passiert.

»Yavruuuuum!« Immer wieder strich mir meine Babaanne die Haare aus der Stirn und legte ihre Hand darauf, als sei ich krank.

»Allah'a şükür! Wo warst du so lange, mein Kind?«

Ich weiß nicht, wer erleichterter war, dass dem anderen nichts passiert war. Meine Babaanne schickte ihre Dankesgebete lautstark gen Himmel, ich betete leise in mich hinein.

»Ich bin vor Wut in die erstbeste Fähre eingestiegen und einmal nach Karaköy hin- und zurückgefahren. Das war's«, erklärte ich meiner Oma. »Die frische Luft hat mir gutgetan!«

Ich hätte nicht gedacht, dass die Wahrheit – na, sagen wir mal, die halbe Wahrheit, denn ich hatte Noyan weggelassen –

so plausibel klingen konnte. Meine Oma hakte nicht weiter nach. Ich machte ihr einen Tee und maß ihren Blutdruck mit ihrem Messgerät noch einmal nach. 175 zu 98. Soweit ich wusste, war das verdammt hoch. Auch ihr Puls war viel zu hoch.

Meine Babaanne beruhigte mich aber. »Für meine Verhältnisse ist das schon gut«, sagte sie.

Trotzdem bestand ich darauf, dass sie sich hinlegte. Ihre Hauptschlagader am Hals pochte deutlich sichtbar, und ich traute mich nicht, sie allein zu lassen. Ich beschloss, die restliche Nacht bei ihr im Bett zu verbringen, und kuschelte mich neben sie.

»Deine Tante und Yaren haben sich große Sorgen gemacht. Du hättest sie hören sollen!«, sagte meine Oma.

»Ach, Babaanne, was hätte denn passieren können?! Übertreib bitte nicht!«

Aber sie ignorierte meine Aussage und erzählte weiter. »Ich habe ihnen nach deinem ersten Anruf Bescheid gegeben. Sie waren so froh darüber, dass es dir gut ging.«

Ich nickte nur und sagte nichts mehr dazu. Irgendwie hörte es sich an, als wollte sie mich wegen der Sache mit Yaren beschwichtigen.

Als ich zu Hause angekommen war, hatte ich aus dem Bad gehört, wie meine Oma meine Tante angerufen hatte, um sie zu beruhigen und zu sagen, dass ich wieder da war. Ich ging nicht hinaus und wartete ab, bis sie aufgelegt hatte. Auf ein Gespräch mit Yaren hatte ich überhaupt keine Lust. Wenn ich ans Telefon gegangen wäre, hätte sicher auch Yaren mit mir sprechen wollen, und das wollte ich auf gar keinen Fall. Diesen Tag, der doch noch so glücklich ausgegangen war, den wollte ich mir nicht von ihr kaputt machen lassen.

»Gut, dass ihr Mama und Papa nicht angerufen habt«, stellte ich fest.

»Ich wollte ja«, sagte Oma. »Aber deine Tante hat mich davon abgehalten. Sie hatte ja auch recht. Sie hätten sich Sorgen gemacht.« Babaanne seufzte. »Ach, Gott sei Dank, Gott sei Dank!« Sie war unverbesserlich, und egal was ich ihr sagte, meine Oma konnte sich nicht wirklich beruhigen. Ich schnaufte frustriert und warf meinen Kopf nach hinten aufs Kissen.

»Ich weiß, dass du wütend auf Yaren bist und auch auf mich.« Meine Oma wusste offensichtlich genau, was in mir vorging. »Es tut mir leid, Tuana. Ich hätte ihr nicht glauben sollen …«

»Aber …« Ich richtete mich auf. »Warum erzählt sie so etwas über mich? Was habe ich ihr getan?«

»Ich weiß es nicht«, seufzte meine Oma verzweifelt. »Ihr seid beide meine Enkelinnen, für mich seid ihr wie Geschwister. Ihr seid die Babys meiner Kinder. Es darf einfach nichts zwischen euch stehen.«

»Erzähl Yaren das, Oma, nicht mir«, sagte ich wütend. »Wenn hier jemand hinter Jungs her ist, dann wohl eher sie, so, wie sie herumläuft. Außerdem habe ich es gar nicht nötig, weil ich …« Ich konnte mich gerade noch bremsen. Fast hätte ich über Noyan gesprochen. »Ich habe bisher immer nur das Beste über sie gedacht.«

»Bitte, Kind«, sagte meine Oma. »Ich kann dich verstehen, aber verrate ihr nicht, was ich dir gesagt habe, bitte, ja?«

»Oma!« Ich war entsetzt. »Wie soll ich denn sonst herausfinden, was in Yaren vorgeht, was sie vorhatte?«

Als meine Oma wieder fast panisch wurde, gab ich ihr mein Versprechen, damit sie sich wieder beruhigen konnte. »Aber in Ordnung ist das nicht, Oma. Das weißt du!« Toll! Jetzt konnte ich es vergessen, Yaren zur Rede zu stellen. Aber, na ja, zumindest war ich froh, dass mich meine Oma künftig in Ruhe lassen würde, wenn ich rausgehen wollte. Hoffte ich zumindest. Dann dachte ich, dass ich das doch lieber noch mal klären sollte.

»Aber du, du glaubst ihr nicht nur einfach, du bist dann auch noch so streng zu mir. Warum? Ich kenne das gar nicht von meinen Eltern. Sie waren noch nie so wie du.« Meine Oma schwieg. Eine vernünftige Antwort bekam ich nicht.

Mir fielen die Augen zu, ich legte meinen Kopf wieder auf das Kissen und starrte auf die Decke.

»Und …«, sagte ich, »… wie willst du mit deinen komischen Nachbarn jetzt umgehen?«

Meine Babaanne schien froh zu sein, dass ich das Thema wechselte. Schuldbewusst begann sie zu erzählen. »Abdurrahman bey, der Vater, hat sich sofort entschuldigt, als du weggerannt bist. Kiraz hanım war erst empört, aber sie hat wohl gehört, wie ich geweint habe, sie hat dann hier geklingelt.«

»Sie war eingeschnappt? Pff! War sie beleidigt, weil ich ihren schönen Jungen nicht wollte, oh, das tut mir aber leid!«, spottete ich.

»Nein, sie hat sich auch entschuldigt. Hasan hätte sich in dich verguckt. Und ich glaube, sie haben Sorge, dass er nie eine Frau finden wird. Er ist schon achtundzwanzig, wusstest du das? Vielleicht haben sie nicht nachgedacht ...«

»Oma!«, sagte ich mahnend und unterbrach sie. »Mir doch egal, was die für Probleme haben!«

»Jedenfalls«, meine Oma räusperte sich, »sie wollte sogar Hasan losschicken, als sie erfuhr, dass du noch nicht da warst.«

»O mein Gott!« Ich verzog das Gesicht. »Der hätte mich ganz sicher gefunden, der Spiderman-Riese, so wie der drauf ist. Kann der überhaupt ohne seine Mama rausgehen?«

Auf einmal musste ich loslachen.

Meine Oma schwieg, ich merkte nur, wie das Bett langsam zu wackeln begann.

Endlich!, dachte ich. Jetzt konnte ich beruhigt einschlafen. Meine Oma lachte, erst leise, dann immer mehr, so sehr, dass ihr Bauch wie üblich auf und ab wippte.

Als wir uns wieder beruhigt hatten und bevor ich ihr einen Gutenachtkuss gab, drehte ich mich zu meiner Oma um und sah sie ernst an. »Babaanne, du kannst meinetwegen weiter mit den Leuten reden. Die Frau hilft dir ja schließlich immer. Aber solange ich hier bin, will ich sie nicht mehr sehen. Reden werde ich mit denen auch nicht, okay?!«

Am nächsten Morgen hatten wir ein königliches Frühstück. Es gab die hausgemachten Açmas von meiner Babaanne, die, die wir gestern wegen des Zwischenfalls mit ihren Nachbarn nicht hatten genießen können. Das runde Hefegebäck war einfach ein Traum, und meine Oma betonte, dass sie sie extra für mich gebacken hatte, nicht für die Spidermans.

»Kiraz hanım hat ihren Besuch angemeldet, als ich den Teig schon angerührt hatte, glaub mir!«

Ich nahm das meiner Oma ab. Wirklich. Und da wir beim Thema waren, erzählte sie von ihrer Nachbarin. Erst hörte ich gar nicht richtig hin, weil mich die Frau und ihre Geschichte überhaupt nicht interessierten, aber irgendwann horchte ich auf. Sie hatte es wohl nicht leicht gehabt im Leben. Sie war fünfundfünfzig und hatte mit sechsundzwanzig geheiratet. Ihr Mann hatte um sie gekämpft, weil ihre Familie ihn nicht mochte. Sie wollten, dass ihre Tochter einen wohlhabenden, erfolgreichen Arzt heiratete, damit sie es mal besser im Leben haben würde als sie. Kiraz hanım aber entschied sich gegen ihre Familie und zog mit ihrem geliebten Schuster von einem Dorf in Konya nach Istanbul. Bald darauf bekamen sie ihren ersten Sohn, den sie über alles liebten. Er war ein Jahr alt, als Kiraz hanım mit Hasan schwanger wurde. Und noch bevor Hasan auf die Welt kam, erkrankte der Erstgeborene plötzlich schwer und starb. »Sie haben dann all ihre Liebe in Hasan gesteckt, und vom ersten Tag an haben sie ihn behütet wie ihren Augapfel«, sagte meine Oma, und sosehr ich diese Familie auch hasste, bekam ich Tränen in die Augen und Mitleid mit den Eltern. Aber nur, weil sie ihr Kind verloren hatten.

»Und trotzdem ist Hasan so ein Idiot geworden!«, stellte ich schnell fest, weil ich nicht wollte, dass mir meine Oma mein Mitgefühl ansah. »Warum ist der so komisch?«

»Ich glaube«, sagte meine Oma, »seinen Eltern wird allmählich bewusst, was sie falsch gemacht haben. Nun wollen sie, dass er endlich sein eigenes Leben beginnt, aber er ist total unselbstständig.«

»Und da suchen sie sich das erstbeste Mädchen, das ihm irgendwie gefällt, und wollen ihr Leben ruinieren?«, sagte ich schnippisch.

»Ach, Kind.« Meine Oma legte ihre Hand beruhigend auf meine. »Sie können dir gar nichts tun. Das würden wir doch nie zulassen.«

»Das weiß ich doch, Babaanne, aber sie dachten es, und allein das macht mich rasend!«

»Angst«, sagte meine Oma plötzlich nachdenklich, »Angst kann einen die unmöglichsten Dinge tun lassen.« Ich sah meine Oma fragend an und wartete neugierig ab. »Ich war jung, als dein Opa und ich damals nach Deutschland gingen, weißt du? Wir kannten uns nicht aus, wir verstanden nicht alles, und wir hatten Angst um unsere Kinder. Dein Dede konnte aber besser damit umgehen als ich, ich …«

»Aber wovor hattet ihr denn Angst?«

»Ich weiß es nicht«, antwortete sie. »Vor dem Unbekannten vielleicht? Wir verstanden die Leute nicht, die Sprache nicht, wie sie lebten manchmal auch nicht. Heute mag es anders sein, aber früher … Die Familien in Deutschland hielten in unseren Augen nicht so zusammen wie die Familien bei uns, die Kinder machten, was sie wollten, na ja … so schien es zumindest.«

Meine Oma hatte nachgedacht. Ich war gerührt und ein bisschen auch stolz auf mich. Hatte ich das angestoßen mit meiner Frage gestern Nacht?

»Kızım, ich hatte mit siebzehn geheiratet, wie du weißt …«, sagte sie und war offensichtlich immer noch in Gedanken bei ihrer Antwort und im Gericht mit sich selbst. »Ich musste deinen Dede erst kennen- und lieben lernen. Außerdem haben wir am Anfang keine Kinder bekommen. Das war nicht leicht. Immer die Fragen der Leute! Es hat zehn Jahre gedauert … Na ja, und dann … dann, als deine Tante und später dein Vater kam, waren wir überglücklich, und ich war vielleicht ein bisschen zu vorsichtig …«

Dies war ein wichtiger Moment in meinem Leben. Ich hatte mich noch nie so intensiv mit meiner Oma unterhalten. Wie denn auch? Erstens sahen wir uns nur relativ kurz im Urlaub, meist nur einmal im Jahr, zweitens wurde ich als Kind und Enkelin zwar liebkost und gehätschelt, mal etwas über die Schule gefragt, aber über ernsthafte Themen haben nur meine Eltern mit ihr gesprochen. Wenn ich zurückblicke, war es für mich umgekehrt immer so, dass ich zwar froh war, meine Babaanne zu haben, ich habe sie immer so geliebt und in Deutschland natürlich auch sehr vermisst. Aber ihre Themen und Anliegen haben mich eigentlich nie wirklich interessiert. Jetzt war ich allein mit ihr, sie erzählte mir ihre Anekdoten und Geschichten wie einer Erwachsenen, und ich hörte ihr gerne zu. Außerdem hatten wir plötzlich einige Auseinandersetzungen und einen bösen Zwischenfall gehabt, die uns zum Reden zwangen.

An jenem Tag verquatschten wir uns ganz schön. Wir waren längst mit dem Frühstück fertig, saßen immer noch, ich sogar im Schlafanzug, am Tisch. Ich war so vertieft in unsere Gespräche gewesen, dass ich gar nicht auf mein Handy gesehen hatte. Ich hatte es immer bei mir und checkte es normalerweise fast alle fünf Minuten nach Neuigkeiten. Als ich dann nach der Uhrzeit sah, erschrak ich total. Es war schon halb eins, und ich wollte mich in einer Stunde mit Noyan in Kadıköy treffen. Ich sah an mir hinunter und dachte nur, dass ich das nie schaffen würde. Trotzdem beeilte ich mich so unauffällig wie möglich und achtete darauf, dass ich nicht hektisch wirkte. Das war gar nicht leicht. Wenn meine Oma in Sichtweite war, bewegte ich mich beim Abräumen des Tisches, beim Einräumen der Spülmaschine normal, wenn sie weg war, stapelte ich sämtliches Geschirr aufeinander, brachte so viel wie möglich gleichzeitig in die Küche, stopfte alles wahllos in den Kühlschrank und steckte das Geschirr, ohne es vorzuspülen und ohne System, in die Maschine. Klappe zu. Fertig!

Im Bad sah sie mich zum Glück auch nicht, sodass ich in Rekordzeit ausgehfertig an der Tür stand, als meine Oma mich erstaunt ansah. »Du gehst? Wann hast du dich so zurechtgemacht?«

»Wieso, Oma? Wie immer!«, antwortete ich ahnungslos.

Mir war klar, dass sie sich fragte, was ich immer allein in der Stadt machte. Denn auch wenn ich ihr gesagt hatte, dass ich mir alles ansehen und Istanbul und die Türkei besser kennenlernen wollte, so hätte ich in Wirklichkeit keine Lust gehabt, jeden Tag allein unterwegs zu sein. Insofern hatte sie recht, sich das zu fragen.

»Ich habe gestern ein paar nette Jugendliche in meinem Alter kennengelernt. Ich treffe mich mit ihnen«, sagte ich. »Sie wollen mir etwas über die Schule und das Leben hier erzählen.«

Ich erklärte ihr, dass ich in Deutschland oft nach dem Leben in der Türkei gefragt würde und kaum etwas zu erzählen hätte. Es war zwar gelogen, dass ich Leute kennengelernt hatte, aber ich konnte später sagen, dass Noyan auch zu ihnen gehörte. So konnte ich ihn langsam einführen und musste später nicht mehr lügen, wenn ich ausging. Meine Oma wollte wissen, was das für Jugendliche waren, und ich sagte ihr, dass es sich um eine Gruppe von Schülern handelte, Jungs und Mädchen, die am Tag zuvor in einem Café neben mir gesessen und gerade beim Lernen gewesen waren. *Lernen* war das Stichwort, das meine Oma beruhigte.

»Soll ich dir etwas mitbringen?«, fragte ich, um vom Thema abzulenken.

Es war klar, dass sie verneinen würde, denn Mustafa bey besorgte ihr und der Nachbarschaft immer die nötigsten Dinge vom Bakkal, dem kleinen Laden um die Ecke. Trotzdem beschloss ich, ihr etwas mitzubringen, ihr vielleicht ein neues Kopftuch zu schenken.

Als ich die Tür hinter mir schloss und auf den Aufzug wartete, wurde die Nachbartür aufgeschlossen. Ich hielt die

Luft an. Was sollte das denn? Hasan lugte heraus. Demonstrativ drehte ich ihm den Rücken zu. Unfassbar dreist fand ich das und hoffte, dass er sich jetzt wenigstens nicht aus der Wohnung wagen würde. Wie konnte ich nur erwarten, dass solche Leute meine Auffassung darüber teilen könnten, was sich gehörte und was nicht? Dieser Kerl tat das offensichtlich nicht, denn er kam tatsächlich heraus und stellte sich neben mich. Der Aufzug kam, es klickte und klackte.

Als Spiderman-Hasan sich nicht rührte und offensichtlich mit in den Aufzug steigen wollte, öffnete ich die Tür. Dazu musste ich ein paar Schritte rückwärtsgehen. Dabei trat ich ihm auf den Fuß. So heftig, dass er aufschreien musste. Heute weiß ich nicht mehr, ob ich das beabsichtigt hatte oder ob es ein glücklicher Zufall gewesen war. Aber ich weiß noch genau, dass es mir überhaupt nicht leidtat. Ich ließ die Aufzugtür zufallen, drehte mich mit einem Ruck um, und ohne den Blödmann auch nur anzusehen, ließ ich ihn stehen und lief die Treppe hinunter.

Kapitel 18

Noyan begrüßte mich mit einem Kuss. Ich ließ mich in seine Arme fallen. Ich war neugierig, wohin wir gehen, was wir erleben und sehen würden. Die Stimmung an der Küste war an diesem Tag sehr geheimnisvoll. Es hatte morgens bis zum Mittag heftig gewittert, und nun brachen die Wolken auf, die Sonnenstrahlen schienen wie leuchtende Speere hindurch. Das Wasser wirkte dunkler und tiefer als sonst, und das Schönste war, dass sich ein Regenbogen von der Mitte des Meeres bis hinüber zur Heißluftballonstation spannte. Dampf stieg von der aufgeheizten Straße auf und kleidete die Stadt in eine mystische Bühne. Das Blütenmeer der Roma-Frauen am Staatlichen Konservatorium wirkte unter dem nebligen Dunst wie ein Bild von Monet, meinem Lieblingsmaler.

Die Frauen hatten dort ihren Stand aufgebaut und wollten uns auch gleich einen Strauß roter Rosen verkaufen. Ich sah es Noyan an, dass er gleich zugreifen wollte, aber ich hielt ihn davon ab.

»Vielleicht später!«, sagte ich, weil ich keine Lust hatte, dass wir den ganzen Tag über mit Blumen herumliefen. Eine ältere, füllige Frau, die breitbeinig auf einem Plastikhocker saß, ließ nicht locker. Ihr gemustertes Kopftuch mit dem bunten Spitzensaum hatte sie wie die anderen Frauen im Nacken zusammengebunden. Ihr gestreiftes Sweatshirt, auf dem ganz groß die Aufschrift *Star* zu lesen war, reichte ihr nur bis zur Bauchmitte. Unter ihrem geblümten Rock, dessen Gummizug in ihren Bauch schnitt, trug sie eine Art Pyjama und an den Füßen braune Flipflops. »Ay be, ne güzel kızmışsın sen!« Zahnlos lächelte sie mich an und machte mir ein Kompliment. Dann wollte sie uns unbedingt aus der Hand lesen und uns die Zukunft voraussagen. »Ihr gehört zusammen, ich sehe ganz viel Licht um euch herum. Aber da sind auch dunkle Wolken über eurer Liebe. Jemand hat einen bösen Blick auf euch geworfen.«

Ich sah erschrocken zu Noyan. Er sah im ersten Augenblick auch nicht sehr glücklich aus, aber dann blickte er mich aufmunternd an und belächelte die Worte der Frau. »Nein, Tante«, sagte er. »Danke!«

Wir drehten uns um, aber die Frau rief uns hinterher. »Lasst es mich euch sagen. Sie will nichts Gutes für euch! Ihr Schatten verfolgt euch! Eine Schlange ...«

Diesmal war ich es, die nach Noyans Hand griff. Ich umklammerte sie ganz fest und beeilte mich, dort wegzukommen. Noyan ließ sich von mir wegziehen. Die Worte der Frau hatten mir ein komisches Gefühl in die Magengrube versetzt. Ich versuchte ständig, das blöde Gefühl loszuwerden, aber die düsteren Prophezeiungen der Frau ließen mich nicht los. Als wir eine Weile still nebeneinander hergelaufen waren, brach Noyan das Schweigen. »Was ist los, Tuana?«

Ich zuckte mit den Achseln. »Na ja, die Frau eben«, sagte ich. »Die hat mich ganz schön runtergezogen.«

Noyan lächelte aufmunternd. »Nein, nimm es nicht ernst, das ist doch nur eine Masche!«

Ich blickte ihn mit erwartungsvollen Augen an. Ich hoffte auf mehr Argumente, um wieder ein besseres Gefühl zu bekommen.

»Sie müssen ja irgendetwas Negatives sagen, damit du neugierig wirst.«

Ich nickte stumm, aber ganz einleuchtend war das nicht für mich, und meine Laune hob sich dadurch auch nicht. Noyan lächelte immer noch. »Sie sagen jedem das Gleiche, glaub mir!«

Das beruhigte mich etwas.

Ein Stück weiter am Ufer in Richtung Heißluftballon, der über dem Meer schwebte, war ein großes Zelt aufgeschlagen. Von dort drang Livemusik in unsere Ohren. Noyan steuerte direkt darauf zu.

»Was ist da los?«, fragte ich neugierig.

»Komm!« Noyan trat ein, und ich war total erstaunt. Rund um die Zeltwand, die mit orientalischen Teppichen behängt war, waren Bänke und Tische aufgestellt. Ein paar Tischgruppen standen auch in der Mitte. Es war eine Art Café mit Livemusik. Das Besondere aber war, dass die Leute, die da auftraten, keine Stars waren oder zumindest professionelle Sänger, sondern junge Menschen, die so aussahen wie du und ich. Es waren offensichtlich Studenten, die Musik oder Gesang studierten. Einige wenige Lieder kannte ich, das meiste war neu für mich. Ich verstand nicht alles, was sie sangen, und musste Noyan immer wieder fragen. Es waren so schöne, poetische Texte, meistens Liebessongs, und Noyan sagte sie so pointiert und romantisch auf, dass sie mich tief berührten. Ich strahlte ihn an. Ich wollte die Lieder alle haben, sie mir später in Deutschland anhören und mich an diese Momente mit ihm erinnern.

»Ich schreibe dir alle Titel auf, dann googeln wir die Songtexte, damit du sie auch mitsingen kannst«, versprach Noyan mir.

Ein anderes Versprechen löste er direkt ein und bestellte uns je einen Simit und einen schwarzen Tee. Ich genoss jeden Bissen, jeden Schluck, jeden Ton und jeden Blick von Noyan.

Wir saßen aneinandergekuschelt, lauschten der schönen Musik. Immer wieder wechselten die Musiker, die Sänger und damit auch die Musikrichtung. Neue Gäste, Schüler oder Studenten, meistens junge Pärchen, kamen herein. Plötzlich horchte ich auf. Das kannte ich doch! Sogar sehr gut. »İstanbul'u dinliyorum, gözlerim kapalı. Bir kuş çırpınıyor eteklerinde«, sang der junge Mann auf der provisorisch eingerichteten Bühne. Ich sah Noyan an. »Dein Lied, das ist dein Lied!«, flüsterte ich ihm aufgeregt zu.

»Mein Lied?«

»Ja, deine Melodie in meinem Handy.« Ich musste Noyan aufklären. »Im Winter, nachdem wir uns kennengelernt hatten, habe ich es zufällig entdeckt und es zu deinem Lied ernannt. Weil ich …« Ich schluckte, das erste Mal würde ich ihm damit meine Gefühle gestehen. » … na, immer wenn ich an dich dachte, schloss ich die Augen und … und lauschte deiner Erinnerung.«

»Du bist ja eine kleine Poetin«, sagte er. Noyans Augen strahlten, als er meine Worte hörte, er strich mir eine Haarsträhne aus dem Gesicht, sah mich an und küsste mich auf die Stirn, auf die Lippen. »Ob deine Stirn heiß ist oder nicht, ich weiß es; ob deine Lippen feucht sind oder nicht, ich weiß es; ich erkenne es an deinem Herzklopfen; ich lausche Istanbul«, sang der Typ. Noyan sang leise mit und sah mich dabei die ganze Zeit an. »Alnın sıcak mı, değil mi, biliyorum; Dudakların ıslak mı, değil mi, biliyorum; Kalbinin vuruşundan anlıyorum; İstanbul'u dinliyorum.«

»Noyan«, sagte ich. Irgendwie wusste ich, dass jetzt der richtige Zeitpunkt gekommen war. Bisher hatte ich mich nicht getraut, aber jetzt hatte ich quasi schon mein erstes Liebesgeständnis hinter mich gebracht, da konnte ich ihm auch mein erstes Geschenk machen. »Ich habe dir etwas aus Deutschland mitgebracht«, sagte ich unsicher. »Ich kenne deinen Geschmack noch nicht so gut, aber ich hoffe ...« Seit ich hier war, trug ich das Päckchen mit mir herum und wartete auf den richtigen Moment.

»Oh!« Noyan sah mich an. »Aber das ist doch nicht nötig ...« Er packte es vorsichtig aus, ich sah ihm dabei zu, beobachtete seine neugierigen Augen, seine langen Künstlerfinger, die ich so sehr liebte. Ihre Bewegungen gaben allem, was er tat, eine würdevolle Note.

»Tuana!«, rief er, als er die Flasche *Lanvin L'Homme* entdeckte. »Das kannst du doch nicht machen!« Er küsste mich. »Teşekkür ederim, Tuana!«

»Kennst du es? Los, bitte, sprüh es mal auf ...«

Noyan kannte den Duft nicht, aber er gefiel ihm sehr gut. Und mir auch. Die würzig-holzige Note passte so gut zu ihm.

Ungefähr zwei Stunden saßen wir in diesem Zelt. Ich schnupperte immer wieder an Noyans Hals, er an seinem Handgelenk. Immer wieder bestätigten wir uns, wie gut das duftete. Irgendwann aber rutschten wir auf der Bank hin und her. Auch wenn sie mit einem Teppich gepolstert war, wurde es auf Dauer ziemlich hart darauf.

»Wollen wir gehen?«, fragte Noyan.

Wir waren uns beide sofort einig. Natürlich zahlte wieder er, und wir zogen weiter.

Inzwischen waren die Straßen getrocknet, der Dunst hatte sich aufgelöst, und die Sonne brannte auf uns herab. Ein Junge kam uns entgegen, er war etwa acht oder neun Jahre alt. Er sah nicht wirklich arm aus, aber seine Haare wirkten schmutzig, sein Gesicht war verklebt. Er hatte wohl einen Sommerschnupfen. Ich verstand erst nicht, was er von uns wollte. Noyan griff in seine Hosentasche, kramte Kleingeld heraus und kaufte dem kleinen Kerl gleich drei Päckchen Taschentücher ab. Das fand ich sehr lieb von ihm.

Es gab immer noch einige Kinder hier, die so, vor allem in den Ferien, versuchten, Geld für ihre Familien hinzuzuverdienen. Oder nachmittags nach der Schule – sofern sie überhaupt zur Schule gehen konnten. Das tat mir total leid, am liebsten hätte ich dem Jungen gleich alle Taschentücher abgekauft. Noyan gab mir zwei Päckchen, eins steckte er sich in die Hosentasche. Ich dachte mir, dass der Junge die

Tücher dringender brauchte, und gab ihm eins von meinen Päckchen ab.

»Für dich«, sagte ich. »Du hast doch Schnupfen, oder?« Der Junge sah mich mit großen Augen an, nahm sich unsicher die Packung und ging einfach weg.

Wir gingen Hand in Hand, spazierten die Gassen aufwärts in Richtung Bahariye. Dort gab es eine unbefahrene Straße, eine Passage mit einem alternativen Markt. Junge Leute hatten hier ihre Stände aufgebaut. Es gab CDs, DVDs, aber auch Silberschmuck, Batikkleider und Pumphosen, Leder- und Nietenarmbänder. Ebenso Heavy-Metal-Utensilien und -Schmuck und natürlich jede Menge Bücher und Gemälde – solche mit Postkartenmotiven, aber auch richtig schöne. Dass es ein etwas anderer Markt war, erkannte man daran, dass hier kein Marktschreier versuchte, seine Waren an den Mann zu bringen. Es waren eher coole Typen und Mädchen oder junge Frauen, die unaufdringlich antworteten, wenn man sie etwas fragte.

Ich hatte ihn gar nicht gesehen, aber Noyan ging direkt auf einen versteckten kleinen Stand ganz hinten in der Gasse zu. Dort sprach er mit einem Typen, der etwa dreißig Jahre alt war und wie ein Hippie-Rocker aussah. Lange Haare, lange Fingernägel, eine Lederhose, Nietengürtel und Lederarmband. Er gab Noyan ein kleines Tütchen mit einer Schnur darin. Wie dumm von mir, dass ich nicht gleich erkannt hatte, was das war. Nachdem Noyan bezahlt hatte, verabschiedeten die beiden sich, und wir gingen wieder zurück auf die Bahariye. Dort gab es auch eine nostalgische Straßenbahn, die die Einkaufsmeile auf und ab fuhr, wie in Beyoğlu.

»Das ist eine Saite für meine Gitarre«, sagte Noyan und zeigte mir die kleine Tüte. »Die ist mir neulich gerissen. Schließlich habe ich ja versprochen, dir etwas vorzuspielen …«

Wow! Ich war beeindruckt. Wieder einmal! Noyan vergaß seine Versprechen nicht, und die Vorstellung, dass er mir auf seiner Gitarre etwas vorspielen würde, machte mich richtig kribbelig.

Nach einem langen Spaziergang landeten wir in einem coolen, kleinen Café, das zu Noyans Lieblingslocations gehörte. Eigentlich war es mehr eine Kneipe und hieß Bahane. Weil das *Ausred*e oder *Vorwand* bedeutete, wurde ich sofort neugierig.

»Warum heißt der Laden so?«

Noyan lächelte. »Kennst du den Spruch nicht?«

Ich wusste nicht, was er meinte. »Gönül ne kahve ister ne kahvehane, gönül sohbet ister kahve bahane.«

Das gefiel mir. Kahve Bahane. Die Kneipe hieß so wie die letzte Strophe des Spruchs. *Café Vorwand.* Im Kopf übersetzte ich ihn gleich, weil ich mir vorgenommen hatte, später über alles Besondere, was mir begegnet war, auch Jule zu berichten. Meine Liste, die ich leider nicht konsequent geführt hatte, war zumindest in meinem Gedächtnis schon lang, aber der kluge Spruch gehörte unbedingt mit drauf. Auf Deutsch hörte er sich nicht so schön an, aber auf Türkisch reimte er sich, und ich beschloss, ihn mir gut zu merken. »Weder Kaffee noch Kaffeehaus ist des Herzens Wunsch, allein die Unterhaltung, das Gespräch, zählt, der Kaffee ist doch nur Vorwand.«

Hier konnte man nicht nur drinnen, sondern auch draußen sitzen, in einem schönen Hinterhof. Auch hier lief coole Musik, und es war total voll. Noyan ging mit mir direkt nach hinten durch. Richtig gemütlich war es hier, nur fürchtete ich, dass wir keinen Platz mehr bekommen würden.

Noyan sah sich um. Ich rechnete schon damit, dass wir wieder gehen mussten. Aber plötzlich rief jemand nach Noyan. »Hey!«

Wir zwängten uns zwischen ein paar eng stehenden Stühlen durch und gingen zu ihm hin.

»Hey, kanka!«, sagte der blonde Typ zu Noyan und sah dabei neugierig zu mir hinüber. Er schien etwas älter als Noyan zu sein, war kräftig, hatte blaue Augen und trug einen silbernen Ohrring, eine Cargohose und ein Poloshirt dazu. Nach einem Handschlag stellte Noyan ihn mir vor.

»Das ist Kerem!«

Ich lächelte, gab Kerem die Hand.

»Und das ist Tuana, aşkım«, sagte Noyan, und ich strahlte. Ich konnte gar nicht anders. Er nannte mich *meine Liebe*, stellte mich so vor. Ich sah ihn mit großen Augen an, ich gehörte zu ihm und er zu mir. Das war unglaublich schön.

»Memnun oldum, Tuana!« Kerem deutete auf die freien Plätze an seinem Tisch. »Setzt euch, was wollt ihr trinken, essen?«

Ich sah zu Noyan. »Wollen wir uns setzen, oder was meinst du?«, fragte er mich.

Ich nickte. »Gern.« Wenn dieser Kerem der beste Freund von Noyan war, dann wollte ich ihn kennenlernen. Bisher hatte ich Noyan noch gar nicht in Gesellschaft erlebt. Na ja, bis auf die peinliche Begegnung mit Yaren und dieser Sevda, aber das zählte nicht. Später erfuhr ich von Noyan, dass Kerem nicht sein bester Freund war, sondern einer seiner guten Freunde. Auch wenn Kanka oder Pampa für *bester Freund* stand, so nannten sich hier sämtliche guten Freunde so. Und egal ob Kerem nun der beste Freund war oder nicht, er war sehr lieb, und es wurde ein netter Nachmittag.

Kerem trank gerade Bier, und Noyan bestellte sich auch eins. Ich wollte ein Gazoz haben, weil ich diese spezielle Limo seit meiner Kindheit nicht mehr getrunken hatte und darauf kam, als ich sie auf der Speisekarte entdeckte.

»Mmh!« Ich genoss mein Gazoz wie ein kleines Kind, auch wenn die beiden Jungs sich belustigt angrinsten.

Kerem und Noyan kannten sich schon sehr lange, seit der Grundschule. Noyan hatte früher hier auf der asiatischen Seite von Istanbul, in Göztepe, gewohnt. Deswegen hatte er hier viele Freunde. Kerem war auch der Freund, mit dem Noyan am Tag zuvor unterwegs gewesen war, bevor ich ihn anrief.

»Das ist natürlich Pech«, sagte Kerem bedauernd.

Ich sah zu Noyan, weil ich nicht wusste, was er meinte. »Na, dass deine Oma solche Nachbarn hat, solche von vorgestern. Jetzt hast du natürlich ein völlig falsches Bild bekommen. So leben wir hier nicht, größtenteils jedenfalls nicht«, sagte Kerem, sichtlich besorgt um das Image der in der Türkei lebenden Türken.

»Nein, nein«, versicherte ich und fühlte mich wieder ein bisschen fremd, weil man ja Fremden gegenüber einen guten Eindruck machen möchte, und offensichtlich war ich für Kerem eine Fremde.

»Das weiß ich doch, aber ich habe plötzlich Panik bekommen«, entschuldigte ich mich. »Die waren ohne Vorwarnung auf einmal da. Ich meine, es war eine Szene wie aus alten Filmen. Das hättet ihr erleben sollen. Und dann passiert das ausgerechnet mir, wo ich doch gerade mal ein paar Tage hier bin.«

Um die Stimmung etwas zu heben, nannte Noyan Kerem den Netzwerk-Namen von Hasan, und die beiden lachten los.

»Tam bulmuşsun, tam apaçi, he!«, sagte Kerem. »Auch das noch! Ein richtiger Apaçi, ey!«

Noyan und Kerem waren ein lustiges Gespann. Sie alberten herum, und wir lachten viel. Es war richtig schön, Noyan mit seinem Freund zu erleben und so noch mehr über ihn zu erfahren.

Nach einer Weile stieß ein Mädchen dazu, das mir irgendwie bekannt vorkam. Als Kerem ihren Namen nannte, wusste ich Bescheid.

»Beliz, hallo!« Sie reichte mir die Hand, und wir stellten uns einander vor. Ich bewunderte ihre dicken dunkelbraunen Locken. Beliz war ein hübsches Mädchen. Ich hatte sie in Mecidiyeköy im Studentencafé gesehen. Yaren und Sevda hatten über sie und ihre Freundin gelästert.

Ich erfuhr, dass auch sie in Göztepe wohnte und jeden Tag nach drüben zum Kurs pendelte. Beliz gab uns die Hand und küsste Noyan und mich auf die Wangen. Kerem küsste sie auf den Mund und setzte sich zu ihm. Das war also ihr Freund, von dem Noyan neulich gesprochen hatte.

Noyan nannte zwar keinen Namen, aber erzählte offen über die Gerüchte, die im Uni-Vorbereitungskurs in Mecidiyeköy kursierten. Ich wusste natürlich, dass er Yaren und Sevda meinte.

»Beliz, die glauben wirklich, dass du und Ceyda bald heiraten und euch ein Kopftuch aufsetzen werdet.«

Beliz war cool. Sie lachte nur darüber und klärte mich auf. Ceyda war wohl ein sehr schüchternes Mädchen und kam aus einer ziemlich traditionellen Familie.

»Sie hatte noch nie einen Freund und könnte nie jemanden ansprechen«, sagte Beliz. »Also hatten wir die Idee mit der Partnervermittlung. Und damit sie sich auch wirklich traut, habe ich aus Spaß mitgemacht.«

»Aber Noyan sagte, dass sie sich vielleicht verloben will«, wandte ich ein.

»Ja, für sie kommt das nur so infrage. Sie will alles traditionell haben. Das gibt ihr wohl Sicherheit, keine Ahnung«, erklärte Beliz.

»Aber sie kennt den Typen doch nicht so gut, oder?«

»Na ja«, sagte Beliz. »Wenn's nicht klappt, können die beiden ihre Verlobung ja wieder auflösen.«

So locker hatte ich das noch nicht gesehen. Ich nickte und dachte nach. Vielleicht habe ich beim Nachdenken zu kritisch geschaut, ich weiß es nicht, jedenfalls hatte Beliz offensichtlich das Gefühl, Ceyda entschuldigen zu müssen. »Ceyda ist superlieb, sie kennt es eben nicht anders.«

»Das ist okay!«, erwiderte ich schnell und meinte es auch so. Aber Beliz erzählte weiter:

»Meine ältere Schwester zum Beispiel hat die Männer, die um ihre Hand anhalten wollten, gerne eingeladen. So hat sie es sich erspart, selbst zu suchen. Sie ist dann ein paarmal mit ihnen ausgegangen, und wenn der Mann nicht passte, hat sie abgelehnt.«

Ich machte große Augen und nickte erstaunt.

Von mir aus sollte jeder es so machen, wie er es für richtig hielt und wie es für ihn am besten passte.

Ich jedenfalls war richtig glücklich, und mit Noyans Freunden fühlte ich mich auch wohl. Gerne hätte ich ihnen Jule vorgestellt. Wobei ich es mir anstrengend vorstellte, andauernd hin und her zu übersetzen. Aber wir hätten uns ja auch auf Englisch unterhalten können. Das, dachte ich, könnte ein neues Projekt werden, das wir gemeinsam mit Jule und Noyan durchplanen mussten.

»Allahu ekber, allahu ekber!« Als der Ezan ertönte, sagten sowohl Beliz als auch ich und Noyan »Aziz Allah!«. Kerem sagte es nicht. Ich fand es schön, dass Noyan wohl eine ähnliche Erziehung genossen hatte wie ich. Von meinem Gefühl her schweißte uns das irgendwie noch mehr zusammen. Warum man »Gott ist mächtig« sagte, wusste ich nicht genau. Wahrscheinlich, um Gott zu gedenken, quasi als Reaktion auf den Ruf des Muezzins. Er war aber nicht nur ein Signal, um fünfmal am Tag an das Gebet auf dem Teppich erinnert zu werden, man wusste so auch, wie spät es ungefähr war. Ich tippte auf Viertel nach fünf, und ich hatte recht. Langsam hatte ich den Rhythmus verinnerlicht, denn die Gebetszeiten verschoben sich von Tag zu Tag nur minutenweise.

»Ich würde gerne noch meiner Oma ein Kopftuch kaufen, bevor ich nach Hause gehe«, sagte ich zu Noyan. Ich wollte nicht so spät heimkommen. Außerdem hatte ich auch das Gefühl, dass meine Eltern heute vielleicht wieder anrufen würden, und da wollte ich schon da sein. Beliz und Kerem blieben noch.

Als Noyan den Kellner rief, um zu bezahlen, ließ Kerem das nicht zu. »Aaaah!«, rief er empört aus. Es war keine wirkliche Empörung, sondern sollte heißen, dass er es nicht akzeptierte.

»Heute seid ihr unsere Gäste!«, sagte er. Noyan gab auf, klopfte zum Dank auf sein Herz und nickte Kerem und Beliz zu. Ich bedankte mich: »Teşekkür ederim ikinize de!«

Wir verabredeten mit den beiden, dass wir gemeinsam noch einiges unternehmen würden, und Beliz schlug gleich einen Tagesausflug zu den Prinzeninseln vor.

»Gute Idee!«, sagte Noyan begeistert, und nachdem wir uns verabschiedet hatten, machten wir uns auf den Weg, um ein schönes Kopftuch für meine Oma zu finden.

Ich konnte mein Glück nicht fassen. Es war ein wunderschöner Tag mit Noyan gewesen, ich hatte seine Freunde kennengelernt, die supernett waren. So, wie ich mir seine Freunde vorgestellt hätte. Alles war so harmonisch gewesen. So vollkommen. Das Einzige, was ich vermisst hatte, waren seine Küsse, die Zweisamkeit, seine zauberhaften Worte, die nur mir galten.

Wir gingen in irgendeinen kleinen Laden, der auf unserem Weg lag. Dort wurden Unterwäsche, Strümpfe und Hals- oder Kopftücher für Damen angeboten. Der Verkäufer rief gleich einen Mann mit Tablett herein. »Zwei Tee, bitte!« Die waren für uns gedacht. Ich bedankte mich bei ihm und ließ mir vom Verkäufer seine Auswahl zeigen. Während er sämtliche Tücher aus den Regalen holte und auf der Theke ausbreitete, ging Noyan mit seinem Tee nach draußen und surfte dort mit seinem Smartphone.

Auf einmal klingelte mein Handy. Erst dachte ich, dass es Noyan sein könnte, der mir sagen wollte, ich solle mich beeilen. Aber es war nicht seine Melodie, die ich gehört hatte. Es war Yaren, die mich anrief. Was wollte sie denn jetzt von mir? Ich bekam sofort ein schlechtes Gefühl und hatte überhaupt keine Lust auf ein Gespräch mit ihr. Schnell stopfte ich das Handy wieder in meine Tasche. Ich entschied mich spontan für ein hellblaues Seidentuch für meine Babaanne, bezahlte und eilte hinaus.

Kapitel 19

»Was ist los, Tuana?«, fragte Noyan, als ich Hals über Kopf den Laden verließ. Er lehnte gerade an einer hellblauen Hauswand neben einem Fenster mit einem grünen verzierten Stahlgitter, und sein kakifarbenes T-Shirt bildete eine schöne, kunstvolle Einheit mit diesem Hintergrund. Er sah so gut aus. Noyan blickte auf sein Handy. Die Pose war klasse, sein Profil kam so richtig gut zur Geltung. Am liebsten hätte ich ihn fotografiert. Aber der Anruf eben hatte mich ziemlich aufgewühlt. Außerdem sah Noyan sofort auf, als ich aus dem Laden kam.

»Ach«, sagte ich. »Yaren hat gerade angerufen, und …«

»Was wollte sie denn?«

»Ich weiß nicht, ich bin nicht rangegangen.«

Noyan nickte. »Ich kann dich verstehen, du bist wütend auf sie.«

»Ja, bin ich. Außerdem habe ich ein ungutes Gefühl. Sie verhält sich seltsam, lügt, redet schlecht über mich. So kenne ich sie gar nicht.«

Noyan legte tröstend den Arm um meine Schultern, und ich umfasste seine Hüften. Arm in Arm liefen wir zur Dolmuş-Haltestelle. Es hatte sich eine riesige Schlange gebildet. Es konnte ewig dauern, bis wir drankamen.

»Das ist um die Zeit immer so«, sagte Noyan und wollte mich, falls ich es eilig hatte, mit dem Taxi nach Hause begleiten.

»Danke, Noyan«, sagte ich, »aber es ist schon okay mit dem Dolmuş. Du zahlst immer alles. Das geht nicht. Bitte, lass mich auch mal bezahlen. Außerdem schwänzt du deinen Uni-Kurs. Ich möchte nicht, dass du die Prüfung am Ende wegen mir nicht bestehst.«

Ich war so froh, dass ich das ausgesprochen hatte. Es belastete mich, und je mehr Zeit verging, desto mehr wuchs mein Unbehagen. Ich wollte nicht, dass Noyan irgendwann das Gefühl bekam, dass ich ihn ausnutzte.

»Ach, Tuana!«, sagte Noyan und küsste mich. »Mach dir keine Sorgen. Ich schaffe die Prüfung schon.«

»Trotzdem, Noyan, geh morgen bitte wieder zum Kurs. Wir können uns auch hinterher treffen. Ich komme zu dir nach Mecidiyeköy, ja?«

»Gut«, sagte Noyan, und ich war verdammt froh, dass er zugestimmt hatte. »Und lass uns künftig wenigstens die Kosten teilen, bitte!«, sagte ich. »Ich habe extra Geld für meinen Urlaub hier bekommen. Das möchte ich mit dir gemeinsam ausgeben.« Ich war entschlossen, ihm ein Versprechen zu entlocken.

Noyan schüttelte den Kopf. »Bitte, Tuana! Lass mich doch, es ist keine Belastung für mich. Ganz im Gegenteil.«

»Nein, bitte, Noyan. Sonst werde ich nicht mehr so oft kommen können! Ich fühle mich nicht wohl, wenn du immer bezahlst.«

»Sag so etwas nicht.« Noyan sah mich ernst an. »Das wäre die Hölle für mich. Ich will gar nicht an den Tag denken, an dem du wieder nach Deutschland fliegst. Die kurze Zeit, die du hier bist, die müssen wir auskosten, jeden Moment!« Er schwieg nachdenklich, und ich sah, dass seine Augen wieder glasig geworden waren.

»Bitte!«, sagte ich noch mal. »Genau deswegen ja!«

»Okay.« Noyan antwortete widerwillig. »Einverstanden.«

Ich war froh darüber, dass wir das geklärt hatten, und küsste Noyan zum Dank.

»Du kleine Erpresserin«, flüsterte er mir zu.

Ich musste schmunzeln und umarmte ihn. Ich küsste seinen Hals und sog seinen Duft ein. Zu seinem eigenen unwiderstehlichen Duft mischte sich jetzt der würzig-holzige Geruch von seinem neuen Parfüm. Am liebsten hätte ich etwas von ihm mitgenommen, damit ich abends mit ihm einschlafen konnte. Aber Noyan hatte nichts dabei, und sein T-Shirt konnte ich ihm schließlich nicht wegnehmen. Vielleicht sollte ich mir etwas von seinem *Lanvin L'Homme* aufsprühen? Ich wollte mich heute einfach nicht von ihm trennen. Auch wenn ich lächelte, mein Herz war ganz schwer.

Die Dolmuş-Schlange bewegte sich nur sehr langsam vorwärts. Immer wieder fuhr ein Minibus vor, nachdem ein voller weggefahren war. Männer, die davorstanden, Platzanweiser, achteten darauf, dass die Busse nicht zu voll wurden und jeder einen Sitzplatz bekam. Plötzlich klingelte mein Handy. Schon wieder Yaren! Ich blickte Noyan an. Und ich weiß nicht, was mich in dem Moment dazu bewegte, aber während ich in seine Augen sah, ging ich ran.

»Ja?!«

Noyan hob fragend die Achseln. Ich antwortete ihm mit der gleichen Geste. Ich hätte selbst gern gewusst, was ich da tat.

»Tuana!«, rief Yaren erleichtert. »Redest du nicht mehr mit mir?« Und ohne eine Antwort abzuwarten, plauderte meine Cousine einfach weiter. »Sag mal, was machst du denn für Sachen? Kaum bist du da, schon halten die Männer um deine Hand an.« Sie gluckste frech, und ich zwang mich, meine Wut hinunterzuschlucken. »Hallo?« Yaren wollte sich vergewissern, ob ich noch dran war, und am liebsten hätte ich gar nichts mehr gesagt.

»Ja!«

»Was machst du? Du hast dich gar nicht mehr gemeldet, Tuana«, sagte Yaren.

Es nervte mich immer mehr, dass sie so unschuldig tat und fröhlich drauflosplapperte, als sei nichts gewesen. Ich biss die Zähne zusammen.

»Noyan kommt auch nicht mehr zum Kurs. Triffst du ihn?«

Die Schlange bewegte sich, wir gingen einen Schritt weiter. Ich war kurz vorm Platzen. »Das geht dich überhaupt nichts an, Yaren!«, fauchte ich.

Die Leute, die um uns herumstanden, drehten sich zu mir um. Ich blickte teilnahmslos in die fremden Augenpaare, die mich anstarrten.

»Hey! Tuana! Was ist los? Beruhige dich mal ... Was habe

ich dir getan?« Yaren klang frecher denn je. Jetzt war mir alles egal.

»Ich weiß jetzt alles über dich!«, rief ich. »Du bist unmöglich!« Noyan hielt stumm seinen Zeigefinger auf den Mund und deutete mir an, leiser zu sein. Endlich schwieg Yaren. In meinem Gehirn ratterte es. Hatte ich jetzt meine Oma verraten? Na klar! Ich hätte mich ohrfeigen können. Wieso hatte ich mich nicht beherrscht und mich von Yaren provozieren lassen? Wer sonst außer Babaanne hätte mir sagen können, dass Yaren über mich geredet hatte? Dabei hatte ich es ihr versprochen ... Ich beschloss, zu Hause meiner Oma alles zu gestehen, auch wenn ich sie enttäuschen würde. Ich hätte vor Wut heulen können, über Yaren und ganz besonders über mich. Die Schlange krümmte sich. Wir bewegten uns einen Schritt weiter. »Okay!« Yaren meldete sich wieder. »Okay!«, sagte sie. »Gut, wenn du jetzt alles von ihm erfahren hast, dann ... na gut, ich war das Mädchen, na und?! Er hat mir eben auch gefallen!«

»Waaas?« Ich weiß nicht, warum, aber ich wusste sofort, wovon sie sprach.

»Und?«, fragte Yaren und atmete tief ein. So, als wollte sie ausholen. So, als wollte sie mir den Schlag meines Lebens verpassen. »Hat dein Noyan dir auch wirklich alles erzählt? Auch, dass wir uns geküsst haben?«

Ich erstarrte. Am liebsten wäre ich auf der Stelle gestorben. Die Schlange lebte, sie wand sich, verbog sich, sie lebte. Dass sie kürzer wurde, nahm ich an jenem Abend nicht wahr. Ohne ein Wort zu sagen, ohne mich zu bewegen, sah ich in Noyans fragendes Gesicht. Die Tränen tropften aus meinen regungslosen Augen. »Tuana? Tuana!«, schallte es aus dem Smartphone. Ich blinzelte, drückte auf *Beenden.* Ich wusste nicht, wie oft man im Leben das Gefühl bekommen konnte, am Ende angelangt zu sein. Ich wusste nur, dass das ein solcher Moment war. Ende. Das Ende vom Glück. Das Ende vom Paradies. Wie trügerisch das Leben sein konnte! Wie tief man fallen konnte, eben noch da oben und jetzt tief in der Hölle. Noyan! Jetzt konnte ich mich nicht mehr an ihm festhalten. Er war es, der mich fallen gelassen hatte. Von Anfang an. Und ich hatte mich immer wieder auf ihn eingelassen und mich belügen lassen. Von ihm, von meinem Gefühl, meinem Herzen. Warum hörte ich überhaupt immer wieder darauf?

Taxi, dachte ich, und verließ die Schlange.

»Tuana?« Wieder rief jemand meinen Namen. Das Handy läutete meinen Namen. Noyan rief ihn. Wieder und wieder. Ich ließ sie machen. Was wollten diese Leute von mir? Seine Hand hielt mich fest.

»Was ist los, Tuana? Bitte, sag es mir! Was hat sie gesagt?«

Ich lief schneller. Wo waren bloß diese verdammten Taxis?

»Tuana!«, bettelte Noyan. »Tu mir das bitte nicht an!« Noyan hielt mich fest.

»Lass mich!«, rief ich.

»Ja, okay«, sagte Noyan. »Aber sag mir erst, was los ist.« Er rüttelte mich. »Tuana!«

In der Ferne hörte ich ein Schiffshorn tuten. Es versetzte

mir einen Stich ins Herz. Ich verband damit nur schöne Erlebnisse, die jetzt keinen Wert mehr hatten. Plötzlich war ich hellwach.

»Du hast sie geküsst!«, sagte ich.

»Was, wen? Yaren?« Noyan fuhr sich hilflos durch die Haare, hob verzweifelt die Hände. »Du glaubst ihr? Schon wieder? Tuana! Nach alldem glaubst du ihr?«

»Sie selbst war das Mädchen, hat sie gesagt. Es war nicht irgendein anderes, mit dem sie dich gesehen hat. Sie war es, und du hast sie geküsst.«

»Aber sie lügt doch, sie hat auch deine Oma angelogen.«

»Ja«, sagte ich. »Aber sie wusste eben nicht, dass ich von meiner Babaanne sprach. Sie dachte, du hättest mir alles gestanden, als ich sie deswegen zur Rede stellen wollte.«

Noyan erstarrte. Wieder fuhr er sich durch die Haare, mit beiden Händen. Er drehte sich verzweifelt um seine eigene Achse. »Okay«, murmelte er leise. »Okay.«

»Dasselbe habe ich eben schon mal gehört!«, sagte ich kalt. »Kommt jetzt dein Geständnis?«

»Hör zu, Tuana! Yaren ist mir die ganze Zeit hinterhergelaufen. Seit du im Winter gegangen bist. Sie kam zu mir in die Schule, sie fing mich auf dem Nachhauseweg ab, sie meldete sich im selben Kurs an wie ich. Ich wurde sie nicht los.«

Am liebsten hätte ich laut losgelacht. »Aha«, sagte ich. »Und weil du sie nicht loswurdest, hast du sie einfach machen lassen. Und überhaupt, warum erfahre ich das alles erst jetzt?« Ich sah ihn ernst an. »Noyan! Ich habe dir geglaubt, ich hätte dir alles geglaubt, aber bitte halte mich nicht für dumm!«

»Das tue ich doch nicht!« Noyan hörte sich wirklich verzweifelt an. Er war dem Heulen nahe, und es brach mir das Herz, ihn so zu sehen. Aber das war der eine Noyan, der, der in meinem Herzen lebte. Den anderen, den lernte ich jetzt erst kennen, den, der mich die ganze Zeit belogen hatte.

»Ich war abweisend zu ihr, aber ich wollte sie auch nicht verletzen, weil sie deine Cousine ist«, sagte er.

Ich schüttelte den Kopf. Was für ein Blödsinn!, dachte ich. »Okay, Noyan, jetzt sag es mir. Wie weit seid ihr gegangen?«

»Wie weit? Du verstehst mich nicht. Ich habe sie nicht beleidigt, aber ich habe sie auch nicht an mich herangelassen.«

Ich beschloss, aufzugeben. Ich konnte nicht mehr, ich verstand auch nichts mehr. »Ich will nach Hause!« Ich sah mich um. Warum fuhr denn kein Taxi mehr in dieser Stadt?

»Tuana, ich fahre dich jetzt heim, okay?«, sagte Noyan. »Aber wir treffen uns morgen wieder. Lass mich dir alles genau erklären.«

»Nein, Noyan!« Ich versuchte, mich zusammenzureißen, besonnen zu klingen. »Geh du morgen zu deinem Kurs, meinetwegen auch zu Yaren. Ich muss allein sein. Ich weiß einfach nicht weiter.«

Noyan sah mich verloren an. Dann blickte er sich um. Plötzlich fuhr ein Taxi nach dem anderen an uns vorbei. Noyan hob die Hand und hielt eins an. Als er mit einsteigen wollte, bat ich ihn, mich allein fahren zu lassen. »Tuana, gib mir eine Chance, lass uns reden.«

Ich schluckte, sah ihn an und schloss die Tür.

Ich war völlig verzweifelt. Was war los mit Yaren? Was hatte da in ihr geschlummert? Oder war ich blind gewesen? Unterwegs läutete mein Handy immer wieder. Im Wechsel. Einmal erklang seine Melodie, einmal rief Yaren an. Warum hatte mich Noyan belogen? Was wollte er von mir? Sich mit mir vergnügen, solange ich hier zu Besuch war, und dann, wenn ich wegmusste, war dann Yaren wieder an der Reihe?

»Na und, er hat mir eben auch gefallen!«, hatte sie gesagt. Das war ihre Entschuldigung?

Ich beschloss, mich zurückzuziehen. Ich würde nicht mehr reagieren. Yaren, Noyan, sie sollten mich beide in Ruhe lassen! Womit hatte ich das verdient?

Kapitel 20

Aklımda, kalbimde hep sen vardın, her zaman!

Ich habe nur dich im Sinn, im Herzen gehabt, immer!, schrieb mir Noyan. Das war die letzte von unzähligen Nachrichten, die er mir an jenem Abend bis tief in die Nacht gesendet hatte. Irgendwann hatte er aufgegeben.

Yaren hatte mich mindestens zwanzig Mal auf dem Handy angerufen. Auch als ich dann schon bei meiner Oma war, rief sie immer wieder auf dem Festnetz an. Meine Babaanne dachte bestimmt, dass ich wegen Yarens Verleumdung nicht mit ihr reden wollte. Deswegen war sie beunruhigt, sie dachte wahrscheinlich auch, ich hätte sie verpetzt, und pendelte ständig zwischen Wohnzimmer und meinem Zimmer hin und her.

»Ich habe ihr nichts über dich erzählt, Oma, beruhige dich!«, sagte ich gleichgültig. »Sie hat ganz andere Sorgen, und ich will nichts mehr mit ihr zu tun haben, also bitte, lass mich mit Yaren in Ruhe.«

Irgendwann reichte mir das Geläute. Das Festnetztelefon stellte ich wie mein Smartphone auf stumm. Ich beschloss nicht nur, nichts mehr zu hören, sondern auch, nichts mehr zu denken, nichts mehr zu fühlen. Damit meine Oma sich endlich beruhigte und nicht ständig auf das Telefon sah, überreichte ich ihr mein Geschenk. Sie war überglücklich. Sie küsste mich und setzte ihr neues Kopftuch gleich auf. Es passte aber gar nicht zu dem Kleid, das sie gerade trug.

»Komm«, sagte ich. »Wollen wir mal in deinem Schrank nachsehen, zu welchem Kleid das Tuch besser passt?«

Ich liebte das Knarren des alten Kleiderschranks. Immer wieder öffneten und schlossen wir die Tür und verbrachten den restlichen Abend mit einer Art Modenschau. Meine Oma war das Model, ich die Jury. *Istanbuls next Top-Oma!* Das war definitiv sie. Meine Babaanne war super. Sie wusste genau, worauf es ankam, stemmte gewieft ihre Hand in die Hüfte und lief auf mich zu. Dabei wackelte sie mit ihrem dicken Po hin und her. Ich musste laut lachen. Und das tat mir richtig gut. Ich knipste meine Oma in sämtlichen Posen und in allen möglichen Kleidern.

Dann tat ich etwas, was ich seit meiner Kindheit schon immer getan hatte, auch wenn ich ewig um ihre Zustimmung betteln musste. »Bitte, bitte, nur für mich, Oma!«

Widerwillig setzte sie ihr Kopftuch ab, und ich entflocht ihren langen silberweißen Zopf, den sie mehrfach aufgerollt und am Hinterkopf zusammengesteckt hatte. Durch den Zopf hatten ihre Haare ein Wellenmuster angenommen und fielen ihr wie Engelshaare über die Schultern, bis zur Mitte ihrer Oberarme. Sie war so süß! Meine Oma kam jetzt richtig in Fahrt. Sie warf ihre Haare nach hinten und stolzierte in ihrem Schlafzimmer in Pantoffeln auf und ab. Ich weiß nicht, wie viele Fotos ich geschossen habe. Am liebsten hätte ich sie Jule geschickt und auch meinen Eltern, aber meine Babaanne nahm mir das Versprechen ab, sie niemandem zu zeigen. Damit hatte sie sich immer schon angestellt.

»Okay …«, sagte ich und schob wie ein beleidigtes Kind die Unterlippe nach vorne. »Dann eben nicht!« Insgeheim dachte ich, dass ich ja noch Zeit hatte, sie zu bearbeiten.

»Oh!«, rief meine Oma aus dem Wohnzimmer, nachdem ich sie zur schönsten Top-Oma gekürt hatte. Dazu hatte ich ihr neues Kopftuch genommen, es ihr feierlich aufgesetzt und es vorne unterm Kinn festgeknotet.

»Was denn, Oma?« Sie hatte ihre Brille aufgesetzt und studierte gerade das Display des Telefons, als ich in das Zimmer kam. »Deine Eltern haben angerufen.«

O Mann! Ich hatte das Telefon auf stumm gestellt, ohne daran zu denken. Dabei hatte ich gespürt, dass sie anrufen würden. Und ich hätte so gerne mit ihnen gesprochen. Ich hatte sie so vermisst, und ich wollte wenigstens in ihren Stimmen Geborgenheit finden. Ich sah auf die Uhr. Es war schon halb eins. Meine Oma und ich waren uns einig, dass wir sie am nächsten Tag zurückrufen sollten. Meine Eltern mussten früh aus dem Haus, und ich wollte sie jetzt nicht aus dem Schlaf reißen. Ich schickte meinem Vater und meiner Mutter die gleiche SMS.

Liebe Mami, lieber Papi, wir hatten das Telefon auf stumm und haben euch nicht gehört. Bei uns ist alles gut, hoffe, bei euch auch! Küsse und vermisse euch, eure Tochter

In dieser Nacht schlief ich unruhig, aber doch irgendwie fest. Ich träumte von einem tiefen, dunklen Meer, in das ich fiel. Noyan war auf einem Schiff, das später zu einem Boot wurde. Er streckte mir die Hand entgegen, aber ich konnte sie nicht fassen. Sie schmolz immer weg, wenn ich danach griff. Immer wieder tauchte ich ab, dann wieder auf und verfehlte seine Hand, die wieder nachgewachsen war. Dann kam ein Gewitter auf, und das Wasser füllte sich mit Wasserschlangen. Ich schrie und versuchte wegzuschwimmen, aber sie waren überall. Immer weiter, immer weiter!, dachte ich und erreichte irgendwann ein klares Gewässer. Ganz weit in der Ferne sah ich ein strahlendes Licht, das ich unbedingt erreichen wollte. Ich schwamm und schwamm, aber ob ich das schaffte, weiß ich nicht …

Als ich aufwachte, war ich total verschwitzt. Mein Kissen, die Bettwäsche, mein T-Shirt und die Shorts waren richtig durchnässt. Ich stand auf, holte aus der Kommode ein Handtuch und ein Badetuch und legte es auf das Kissen und das feuchte Bett. Dann zog ich mich um, öffnete den anderen Flügel des Fensters und legte mich wieder hin.

Als meine Oma mich am nächsten Morgen weckte, war es schon neun Uhr. Irgendwann musste ich eingeschlafen sein. Diesmal konnte ich mich an keinen Traum erinnern.

»Dein Vater ist dran«, sagte meine Babaanne und überreichte mir das Telefon.

Ich sprang sofort auf. »Papaaa!« War das schön, seine Stimme zu hören! »Papaaa, hallo, wie geht es dir?«

»Tuana, mein Kind! Gut geht's mir, lebe immer noch!« Ich liebte das Lachen in der Stimme meines Vaters und seinen Humor.

»Gott sei Dank!«, sagte ich. Und dann lachten wir. Das war ein Ritual zwischen ihm und mir, das sich irgendwann entwickelt hatte. Immer wenn ich ihn fragte, wie es ihm ging, sagten wir die gleichen Sprüche auf und lachten hinterher.

Mein Vater war heute zu Hause und rief deswegen so früh an. Obwohl ich immer wieder nachfragte, konnte er mir nichts Neues oder Besonderes berichten. »Hier ist es wie immer«, sagte er. »Du bist verreist, bei dir sind die Neuigkeiten, Kind, erzähl, wie findest du Istanbul?«

Ich schwärmte ihm von meiner Lieblingsstadt vor, erzählte ihm von meinem Ausflug mit der Fähre, von Beyoğlu, von Mecidiyeköy, Kadıköy, Karaköy mit der Galata-Brücke und dem Mädchenturm mitten im Marmarameer. Natürlich ließ ich Noyan und die Probleme mit Yaren außen vor. Mein Vater staunte. »Und das hast du alles in so kurzer Zeit gesehen?«

Wenn er wüsste! In so kurzer Zeit konnte noch viel mehr geschehen. Fremde Leute konnten um deine Hand anhalten, deine Oma konnte gegen dich aufgehetzt werden, du konntest geliebt und betrogen werden …

»Ja, klar, Papa«, sagte ich. »Es gibt ja noch so viel zu sehen, dafür bin ich gar nicht lange genug hier.«

Mein Vater war so süß! Er gab mir noch viele Tipps, dieselben, die er mir schon in Deutschland gegeben hatte. Aber das war typisch für meinen Vater. Als würde er es zum ersten Mal tun, berichtete er voller Begeisterung über die großen Moscheen in Sultan Ahmet, den Bazar, den Gülhane-Parkı, den Topkapı-Palast, alles Orte, wo auch die meisten Touristen zu finden waren, und natürlich auch über die Prinzen-Inseln. »Dahin machst du mal einen schönen Ausflug mit deiner Tante, mit Oma und Yaren. Das wird sicher schön!«

Armer Papa, dachte ich. Wenn er wüsste, was er für eine Nichte hatte und dass ich nichts mehr mit ihr zu tun haben wollte!

Neu war für mich nur ein Tipp. Der mit der Aussichtsplattform Pierre Loti, die sich wohl auf einem Hügel bei einem alten Friedhof in Eyüp befand. Von Eyüp wusste ich nur, dass es einer der ältesten Stadtteile in Istanbul war, wo mehr gläubige Menschen lebten als anderswo.

Als mein Vater die vielen Sehenswürdigkeiten aufzählte, hätte ich wieder weinen können. Ich hatte mir das alles mit Noyan gemeinsam ansehen wollen, und nun konnte ich tatsächlich alleine losziehen. So, wie ich es die ganze Zeit meiner Oma gegenüber behauptet hatte.

Ich fand es schade, dass meine Mutter nicht da war. Auch ihre Stimme hätte ich gern gehört.

»Deine Mutter grüßt dich und schickt dir viele Küsschen«, sagte mein Vater zum Trost. »Ihr könnt ja heute Abend oder morgen reden!«

Dann legten wir auf, und mich überfiel eine große Leere. Was sollte ich nun tun?

Vielleicht war es ganz gut, wenn meine Oma und ich

heute mal einen Spaziergang machten? Vielleicht ans Meer fuhren, vielleicht an die Küste in Fenerbahçe? Dort gab es wohl tolle Parkanlagen direkt am Meer. Sie war, seit ich hier war, gar nicht rausgekommen, nur kurz zum Einkaufen. Oder wir könnten auf die Bağdat-Caddesi gehen, das war eine große Einkaufs- und Flaniermeile hier auf der asiatischen Seite. Eine der Straßen, wo sich die wohlhabenden Leute schick herausputzten und wo es in erster Linie ums Sehen und Gesehenwerden ging. Das waren Tipps von Yaren, und eigentlich hatten wir das gemeinsam machen wollen. Aber das war ganz am Anfang gewesen, noch bevor ich wusste, was mich ihretwegen hier alles erwartete.

Das mit der Flaniermeile fand meine Oma nicht so gut. Auch nicht, als ich sagte, dass ich dort meine Top-Oma herumführen und mit ihr prahlen wollte. Sie lachte und fühlte sich geschmeichelt. Das sah ich ihr an, aber trotzdem wollte sie nicht. »Olmaz kızım, benim dizlerim ağrıyor.« Sie konnte wegen ihrer schmerzenden Knie und ihrem Kreuz nicht so lange gehen. Besser fand sie die Idee mit Fenerbahçe.

»Okay!«, sagte ich. »Dann machen wir das!«

Aber wir ließen es gemütlich angehen. Wir wollten in Ruhe frühstücken und uns hinterher schick machen.

Gerade als ich die frisch zubereiteten Rühreier mit der türkischen Salami ins Wohnzimmer zum gedeckten Tisch bringen wollte, zwitscherte es an der Tür. »Bleib sitzen, Oma«, sagte ich und legte die Pfanne schnell ab. Ich hatte richtig Lust, sie zu verwöhnen. Irgendwie hatte ich ein schlechtes

Gewissen, dass ich sie die letzten Tage allein gelassen hatte. Für nichts!

Bevor ich die Tür öffnete, sah ich lieber durch den Spion. Es hätte ja auch die Nachbarin von Oma sein können. Oder vielleicht sogar gleich der lange Hasan? Um Gottes willen!, dachte ich. An der Tür stand aber niemand.

»Kim o?«, fragte ich über die Sprechanlage.

»Posta!«, sprach eine männliche Stimme nach einer kurzen Pause über den Lautsprecher am Hörer. Ich drückte den Türöffner. Bisher hatte ich noch gar nicht erlebt, dass die Post nach oben kam. Na ja, Babaanne bekam sicher auch nicht so viel Post. Oder doch? Sie war schließlich versichert und erhielt auch ihre Rente. Irgendwelchen Bürokratiekram würde sie sicher bekommen.

Als ich den Aufzug hörte, öffnete ich die Tür. Wie dumm von mir, dass ich nicht vorher noch mal durch den Spion gesehen hatte! Sprachlos stand ich vor einem schüchtern lächelnden Gesicht. Das konnte doch nicht sein!

»Kim o, Tuana?«, rief meine Oma.

»Ich komme gleich«, rief ich zurück und hoffte dabei so sehr, dass sie jetzt nicht an die Tür kam.

»Kerem!«, flüsterte ich total entgeistert.

»Hallo!« Er machte die gleiche Geste wie Noyan gestern Abend. Er führte seinen Zeigefinger über die Lippen. »Şşşt!« Dann reichte er mir einen dicken Umschlag, zwinkerte mir zu und verschwand schnell hinter der Aufzugtür.

Fassungslos sah ich auf den Umschlag. »Beliz Aydın« stand dort als Absender. Ich war die Empfängerin. Sogar eine abgestempelte Briefmarke klebte drauf. Die wirkte aber eher so, als sei sie von einem anderen Brief. Was sollte das? Plötzlich durchfuhr mich ein Gedanke. Ich flitzte auf den Balkon.

»Was ist los, Tuana? Was hast du da?«, fragte Babaanne, aber ich ließ sie auf ihre Antwort warten, denn ich musste erst einmal selbst eine finden. Ich sah Kerem an der nächsten Ampel gerade noch in ein parkendes Auto einsteigen. Leider konnte ich nicht sehen, wer neben ihm war. Sobald er drin saß, fuhr das Auto los und verschwand im aufkommenden Straßenstaub.

»Tuana?!« Meine Oma wurde ungeduldig. Jetzt musste ich mich zusammenreißen. Ich überlegte kurz und ging hinein. »Das war die Post, Babaanne«, sagte ich.

»Die Post?« Meine Oma sah auf die Uhr. »Um diese Zeit? Seit wann kommt der Postbote nach oben?«

Ich zeigte meiner Oma den dicken Umschlag. »Deswegen vielleicht?« Aber sie war nicht zufrieden. »Päckchen nimmt Mustafa bey entgegen«, sagte meine Babaanne kurz.

Ich zuckte mit den Schultern.

»Was ist es denn?«

»Es … es ist für mich«, sagte ich. »Von Beliz, das ist ein Mädchen von der Gruppe, die ich kennengelernt habe.«

Ich setzte mich auf meinen Platz und legte den Umschlag neben mich auf den Tisch. »Oh, die Eier sind ja schon fast kalt. Lass es dir schmecken, Oma!«

»Willst du ihn nicht aufmachen?«, fragte Babaanne und versuchte mit aller Kraft, ihre Neugierde zu unterdrücken.

»Ich weiß, was es ist«, antwortete ich so gleichgültig wie möglich. »Ein Buch, das sie mir leihen wollte.«

Damit meine Oma nicht ewig weiterfragte, ergänzte ich schnell: »Da sie wohl sehr vergesslich ist, hat sie es mir lieber per Post geschickt.«

Dann begann ich irgendetwas zu erzählen, obwohl ich in Gedanken nur bei dem Umschlag war. Ich ermahnte mich immer wieder, geduldig zu sein und so normal wie möglich zu tun.

Zum Glück entspannte sich meine Oma bald und schien den Umschlag vergessen zu haben. Als wir den Tisch abräumten, wartete ich einen Moment ab, wo sie in der Küche verschwand. Schnell brachte ich das Päckchen in mein Zimmer, schob es unter das Bett und half dann ganz normal weiter.

Als die Arbeit erledigt war, zog ich mich zurück, um mich fertig zu machen. Meine Oma wollte erst beten, bevor wir rausgingen. Also machte sie das Waschritual, ein Abdest, für das Gebet auf dem Teppich. Das Beten dauerte mindestens eine halbe Stunde, in der ich in Ruhe den Brief aufmachen konnte.

Ich schloss sicherheitshalber die Tür leise ab. Mein Herz klopfte, so neugierig war ich und so voller Erwartung. Ich riss den Umschlag sorgfältig an der Klebelasche auf und sah hinein. Es war ein Buch. Tatsächlich, ich hatte meine Oma also doch nicht belogen, zumindest was das anging.

Langsam zog ich das Buch heraus. Mir blieb fast der Atem weg. Es hatte einen schwarzen Bezug aus Samt. In silbern funkelnden Buchstaben war das Wort *Yakamoz* aufgedruckt. Ich fuhr mit dem Finger die Schreibschrift entlang. Links war das Wort mit einer Vignette verziert. Der Aufdruck war tief eingeprägt im edlen Samt und stach dadurch noch mehr hervor. Aber das Wort sagte mir nichts. »Yakamoz«, las ich noch einmal. Ich traute mich nicht, das Buch aufzuschlagen. Ich griff nach dem Umschlag und sah lieber noch einmal nach. Ein Zettel klebte tatsächlich in der Innenseite.

Tuana, sevgilim!

Obwohl ich es geahnt hatte – wer sonst sollte Kerem zu mir schicken? –, war ich atemlos. Noyan! Es war ein Brief von ihm!

Verzeih mir, dass ich diesen Weg gewählt habe. Aber du hast meine Anrufe und Nachrichten ignoriert. Dabei bitte ich dich, mich nur einmal anzuhören.

Noyan schrieb über Yaren. Ich hatte Angst, weiterzulesen, doch meine Augen gehorchten mir nicht.

Ich konnte dir nicht erzählen, wie Yaren sich verhalten hat. Ich habe mich geschämt. Ihr Benehmen war peinlich, und es passte gar nicht zu einer Person, die zu dir gehört. Sie ist deine Cousine, und ich konnte nicht einfach schlecht über sie reden und das Risiko eingehen, dass du mir nicht glaubst und dass ich dich dann verliere.

Erst dachte ich, dass das Unsinn sei, aber dann stellte ich mir vor, wie ich über Yaren dachte, als ich noch in Deutschland war. Nie hätte ich das jemandem geglaubt, hätte ich Yaren das zugetraut, was ich hier selbst erlebt habe.

Noyan schrieb, dass er schon beim ersten Mal, als er Yaren nach meiner Rückkehr nach Deutschland begegnet war, gemerkt hatte, wie sie wirklich war.

Aber wir kannten uns nicht, wie konnte ich dich da vor deiner eigenen Cousine warnen?

Jedes andere Mädchen, das sich ihm gegenüber so verhalten hätte, hätte er offen beschimpft, hätte sie beleidigt und respektlos behandelt. Sie hätte es nicht anders verdient gehabt, denn Yaren hätte ihn bei jeder Gelegenheit abgefangen, hätte versucht, ihn zu berühren. Seine Schulter, seine Hand. Er wäre immer zusammengezuckt und schnell weggegangen. Sie wäre richtig aggressiv und anstößig gewesen. Und ja, einmal hätte sie sogar versucht, ihn zu küssen. Aber es wäre nicht in einer intimen Situation gewesen. Ganz im Gegenteil, es war im Café. Sie hätte anderen irgendetwas erzählt und mit einem Vorwand so getan, als wollte sie etwas demonstrieren. Er hätte sie weggestoßen, und es sei nie zu einem Kuss gekommen.

Bitte, frag Beliz und Ceyda, sie haben es mitbekommen. Dass ich Yaren immer noch mit Respekt behandelte, heißt nicht, dass ich sie nicht abgewiesen habe. Ich habe immer darauf geachtet, dass ich ihr nicht allein begegnete und dass ich ihr, so gut es ging, aus dem Weg gegangen bin. Jetzt aber, da du weißt, wie sie wirklich ist, wird sich mein Verhalten ihr gegenüber auch ändern.

Und dann, im letzten Abschnitt, schrieb er, dass Yaren von Anfang an versucht hätte, mich ihm gegenüber schlechtzumachen. So, wie auch bei meiner eigenen Oma.

Ich gebe zu, anfangs war ich irritiert. Ich kannte dich doch überhaupt nicht, Tuana. Aber dann hat mich allein die Erinnerung an das Strahlen deiner Augen aus dem Irrtum befreit. Und deinen Augen widme ich dieses Buch, das ich dir eigentlich später geben wollte, aber nun hoffe ich, dass wir die leeren Seiten gemeinsam füllen können.

Ich schluckte, drückte seinen Brief an mein Herz. Und plötzlich war mir, als dringe sein Duft in meine Nase. Ich schloss die Augen. Ich kam mir albern vor. Hatte ich überreagiert? Verdiente ich ihn überhaupt, weil ich so schnell das Vertrauen in ihn aufgab? Und das auch noch wegen Yaren!

Vorsichtig nahm ich das Buch in die Hand. *Yakamoz.* Ich schlug die erste Seite auf, las, weinte, las …

Noyan hatte ein Tagebuch über mich geführt. Er hatte im Winter, als wir uns kennengelernt hatten, begonnen, aber erst wirklich weiterschreiben können, als ich ihm sagte, dass ich in Istanbul war. Bis dahin hatte er alle meine Nachrichten in dem Buch festgehalten. Es war ein poetisches Tagebuch, eines, in das er seine Gefühle geschrieben hatte, seine Gedanken. Hier und da waren Strophen, Gedichte und Liedtexte vermerkt, dort kleine Notizen, Gedankenfetzen. Und es ging immer um mich, um uns … Es war das schönste Geschenk, das ich mir vorstellen konnte.

»Yakamoz«, flüsterte ich leise.

Kapitel 21

»Tuana, kızım, hazır mısın?«

Ich schreckte zusammen, klappte schnell mein Buch zu. Meine Oma klopfte an die Tür und wollte wissen, ob ich fertig war. O Gott! Ich war so vertieft gewesen, dass ich die Zeit völlig vergessen hatte.

»Ja, sofort, Babaanne«, sagte ich. »Ich komme gleich!« Zum Glück drückte Oma nicht die Türklinke hinunter, sondern ging weiter. Sonst hätte sie gemerkt, dass ich abgeschlossen hatte. Ich steckte Noyans Geschenk wieder in den Umschlag und versteckte es in meinem Koffer.

Schnell schlüpfte ich in meinen blauen Lieblingsrock, der bequem, aber trotzdem schick war, zog ein weißes T-Shirt drüber, damit es so aussah, als sei ich schon fertig.

»Gleich, Babaanne!«, rief ich meiner Oma auf dem Weg ins Bad zu. Dort duschte ich schnell, bürstete mir die Haare, band sie zu einem Pferdeschwanz zusammen und trug Mascara und Lippenstift auf. Das Ganze peppte ich mit meinen blauen Ohrringen auf. Wow! So schnell war ich schon lange nicht mehr ausgehfertig gewesen. In letzter Zeit hatte ich mindestens fünf Mal so lange gebraucht.

»Hadi, hadi, Babaanne!«, rief ich, als ich aus dem Bad kam. Wo war sie denn? Ich hörte den Kleiderschrank meiner

Oma und folgte seinem Knarren in ihr Schlafzimmer. Als sie dessen Tür schloss, stand sie mir gegenüber und strahlte.

»Hey, Oma! Da muss ich ja aufpassen, dass dich keiner klaut!«

Meine Oma lachte und hielt sich darauf beide Hände vor den Mund. Ich ging zu ihr hin, kniff ihr in beide Wangen und küsste sie dann. Sie hatte sich so hübsch gemacht. Sie trug ihr neues hellblaues Seidenkopftuch zu einem dunkelblauen eleganten Kleid, das ich gestern während ihrer Modenschau gar nicht gesehen hatte.

»Das habe ich aus meiner Truhe rausgekramt«, sagte meine Oma und schmunzelte. Dann strich sie sich mit den Händen über ihre Taille. »Ich hatte das Kleid zuletzt bei unserer letzten Reise an. Dein Opa und ich haben damals ein paar Tage Urlaub in Çanakkale gemacht.«

Ich war so gerührt. »Babaanne!«, fragte ich. »Wie lange ist das her?«

Meine Oma dachte nach, schüttelte dabei immer wieder den Kopf. Sie schien dauernd ihre Rechnung zu verwerfen. »Vielleicht zehn, vielleicht acht Jahre?«

»Und heute trägst du es wieder, zum ersten Mal seitdem?« Ich küsste sie, sie küsste mich. »Mein schönes Kind!«, sagte meine Oma, und dann gingen wir Arm in Arm aus dem Zimmer.

Auch im Fenerbahçe Parkı liefen meine Oma und ich Arm in Arm. Es war ein traumhafter Park, direkt am Meer gelegen. Hier gab es eigentlich nichts, was es nicht gab. Überall spross eine farbenfrohe Blütenpracht, es gab grüne Wiesen, Spielplätze, zwei Cafés und einen riesigen Çaybahçesi, einen Teegarten, direkt am Ufer.

Da meine Oma nicht so lange laufen konnte, peilten wir den Çaybahçesi an. Unterwegs kaufte mir meine Babaanne Kağıt helvası, das waren tellergroße Oblaten mit einer Füllung aus türkischem Honig. So lecker! Sie selbst wollte nur ein kleines Stück essen und brach sich bei mir etwas ab. Auf dem Weg trafen wir auf eine Hochzeitsgesellschaft. Die Braut und der Bräutigam wurden gerade fotografiert. Ein Mann folgte den beiden mit einem riesigen Reflektorschirm, der Fotograf gab Anweisungen und knipste dabei pausenlos mit seiner Kamera.

»Schau mal, wie hübsch die Braut ist«, sagte meine Oma und blieb stehen. »Möge dir die Begegnung mit ihr Glück bringen!«

Der Satz galt mir. Ich lächelte und dachte nur, was für ein typischer Oma-Spruch!

»Komm, Babaanne! Lass uns weitergehen!« Ich zog sie weg und war froh, als wir endlich im Teegarten ankamen. Mir war es peinlich, das Paar zu beobachten, während es für die Kamera posierte. Mich hätte das ganz sicher genervt.

Als wir einen schönen Tisch direkt am Ufer gefunden hatten, bestellte meine Oma sich einen Mokka. Ich blieb meinem Gazoz treu.

»Wie schön!« Ich war richtig entzückt.

»Schau uns mal an«, sagte Babaanne. »Wir passen mit unseren Farben genau in diese Kulisse.«

»Ja, wirklich, Oma!« Das Meer war mittelblau, der Himmel hellblau, fast weiß. Irgendwie war es komisch. Ich war noch nie mit meiner Oma allein in einem Café gewesen. Es war anders als zu Hause. Da musste man nicht ständig miteinander reden. Die Themen kamen eben so, wie sie kamen. Aber in einem Café, wenn man sich gegenübersaß, da konnte es passieren, dass einem nichts einfiel.

Wir sahen beide schweigend auf den Horizont. Nach einer Weile blickte ich ins Wasser und staunte darüber, wie sauber es war.

»Schau, Oma! Da sind sogar kleine Fische!«

Meine Großmutter lächelte und klopfte auf meine Hand. »Ja! Schön!«

Die Möwen drehten kreischend über dem Wasser ihre Runden.

»Tuana!« Meine Oma klang plötzlich ernst. »Meinst du nicht, dass wir mal deine Tante besuchen sollten?«

Ich erschrak. »Wieso?«

Babaanne hob verzweifelt die Hände. »Kind, du gehst nicht ans Telefon, wenn sie anrufen. Du hast deine Tante nur ein Mal gesehen, wir haben sie noch keinmal besucht, seit du hier bist. Dabei hat sie sich so große Sorgen um dich gemacht!«

»Wieso denn, Oma? Ich habe nichts gegen meine Tante. Es hat sich nicht ergeben, aber mit Yaren, das kannst du vergessen.«

Meine Oma blickte traurig auf ihre Hände. »Wo soll das denn hinführen? Ihr seid Cousinen!«

Langsam nervte mich dieses Verwandten-Gerede. Ich wollte zu gern wissen, was wir wirklich gemeinsam hatten, außer, dass zufällig mein Vater der Bruder ihrer Mutter war! Wir glichen uns in keinster Weise. Aber Yaren glich ja noch nicht mal ihrer eigenen Mutter. Ich meine, was ihren Charakter anging. Ich versuchte, ruhig zu bleiben, und wandte mich dann meiner Oma zu.

»Yaren ist eine ganz fiese Person. Sie lügt, sie hintergeht, und ihr ist nichts heilig. Ja, sie schadet sogar anderen Menschen, und zwar ganz absichtlich. Wie würdest du mit so jemandem umgehen, wenn du mit ihm nur befreundet wärst?«

Meine Oma schwieg und sah mich mit bekümmerten Augen an.

»Sag doch mal, Oma!«, drängelte ich.

»Aber sie ist nun mal keine fremde Person, sie ist unsere Verwandte.« Oma sprach bedacht. Sie hatte nicht vor, ihre Absicht aufzugeben. »Die Familie gibt einem Halt. Jeder kann sich doch mal verirren, aber wenn man sich wieder besinnt, ist die Familie da und fängt einen auf.«

Sie hatte gut reden. Meine Oma wusste ja nur, was Yaren ihr über mich erzählt hatte. Insofern verstand ich sie ein wenig. Denn das war zwar schlimm genug, aber es musste meiner Großmutter wie ein einmaliger Ausrutscher erscheinen. Die anderen Dinge, die, die Noyan betrafen, die konnte ich meiner Oma noch nicht erzählen. Aber wenn sie davon wüsste, da war ich mir sicher, dann würde sie mir recht geben. »Oma, die Familie kann sie ruhig auffangen, aber ab sofort gehört sie nicht mehr zu *meiner* Familie!« Ich wusste, das mussten harte Worte für Babaannes Ohren sein, aber ich war tief verletzt, und obwohl ich mich beherrschen wollte, sprudelten die Worte aus mir heraus.

»Bitte, sag das nicht!«, bettelte Oma.

»Du weißt nicht alles, Babaanne«, platzte es aus mir heraus. Ich ertrug ihre traurige Stimme einfach nicht mehr. »Yaren hat noch viel schlimmere Dinge getan. Und ich kann es dir auch nicht erzählen, also, bitte, respektiere auch mich!« Ich hätte wieder weinen können, aus Verzweiflung. Yaren war die Hexe, und ich musste mich hier rechtfertigen.

Meine Oma zog die Augenbrauen zusammen. »Noch schlimmere Dinge?«

Ich war mir sicher, dass sie mich fragen wollte, aber im letzten Moment überlegte sie es sich anders. Stattdessen sah sie in die Ferne.

»Ich verstehe das nicht!«, murmelte sie. »Was ist nur in das Mädchen gefahren?«

»Komm, Oma«, sagte ich. »Lass uns wieder gehen.« Der schöne Rahmen, die einmalige Kulisse konnte es nicht mehr retten. Yaren war einfach ein hässliches Thema. Wir bezahlten, und auf dem Weg zum Ausgang des Parks fing meine Oma wieder an. »Hasse nicht«, sagte sie zu mir.

Ich wollte die Augen verdrehen und ihr direkt darauf antworten, aber sie stoppte mich. »Nein, ich meine jetzt nicht speziell Yaren. Ich meine generell, versuche, nicht zu hassen, egal was passiert. Das ist besser für dich. Hass vergiftet einen innerlich.«

»Okay«, sagte ich. Damit konnte ich leben. »Ich hasse Yaren nicht, Babaanne. Ich will nur nichts mehr mit ihr zu tun haben.«

Den Weg aus dem Park absolvierten wir schweigend. Im Dolmuş redeten wir über dieses und jenes. Bis wir zu Hause waren, hatte sich die Atmosphäre zwischen meiner Oma und mir normalisiert. Ich wollte dieses leidige Yaren-Thema endlich abschließen. Ganz generell. Ich freute mich auf Noyans Tagebuch, mein Buch, unser Buch. Noyan wartete sicher schon auf eine Reaktion von mir. Er hatte sich seit Kerems Besuch noch nicht gemeldet, und das zeigte mir, dass er auf eine Antwort von mir wartete. Unglaublich, was die beiden Jungs da ausgeheckt hatten. Ich konnte es immer noch nicht fassen. Kerem kam als Postbote an die Tür meiner Oma!

Noyan kämpfte um mich, er ließ mich nicht fallen. Ich ihn hingegen schon. Ich fühlte mich jedenfalls schlecht dabei, als ich an mein Verhalten nach Yarens Anruf gestern dachte. Aber ich entschuldigte mich andererseits damit, dass das ganz schön extreme Bedingungen waren. Von Anfang an wurde ich von Lügen, Spielchen und Verleumdungen hin und her gezerrt. Noyan war auch nicht ganz unschuldig daran, auch wenn ich ihn jetzt verstehen konnte. Er hatte mir nicht gesagt, dass er Yaren die ganze Zeit über gesehen hatte und sie kannte, und er hatte mir auch ihr mieses Verhalten, ihre Anmache verschwiegen.

Yakamoz. Ich strich mit meiner Hand über den schwarzen Samt. Noyan war jetzt in meinen Augen ein richtiger

Poet, ein Künstler. Ganz anders als andere Jungs. Ich war so glücklich, dass wir uns gefunden hatten und dass er mutig war. Und ich war stolz darauf, dass er um mich kämpfte.

Ich setzte mich auf mein Bett und blätterte gerade in meinem *Yakamoz*-Buch, als auf einmal seine Melodie ertönte. Noyan! Total aufgeregt ging ich ans Telefon. »Noyan!«, sagte ich und versuchte dabei, nicht zu laut zu sprechen.

Er schwieg.

»Hallo? Bist du da? Noyan, ich wollte dir sagen, dass …« Zu mehr kam ich nicht.

»Hallo!«, sagte eine Mädchenstimme. »Tuana!«

»Wer …?« Das war zu viel für mein Herz. Das war einfach das Allerletzte.

»Halt, leg jetzt bitte nicht auf. Ich muss mit dir reden, es ist ganz anders!«, sagte Yaren.

Was hatte sie am Handy von Noyan zu suchen? Meine Ohren begannen zu sausen und zu piepsen. Bekamen Leute deswegen Tinnitus, damit sie Dinge nicht hören mussten, die so schlimm waren, dass man sie einfach überhören wollte?

Ich legte nicht auf. Ich konnte mich nämlich nicht mehr rühren. Yaren redete und redete. Irgendwann drangen Worte in meinen Kopf. Irgendwann begann ich, einzelne Wörter zu verstehen, sie allmählich zusammenzufügen, ihnen einen Sinn zu geben.

»Noyan hat mich fertiggemacht, Tuana, vor allen Leuten! Ich habe mich noch nie so geschämt. Es tut mir wirklich leid, Tuana. Ich weiß nicht, was in mich gefahren ist, aber ich …

ich weiß, ich kann es nicht wiedergutmachen, was ich euch angetan habe. Ich kann es auch nicht erklären. Aber darum geht es jetzt nicht. Noyan will, dass ich etwas für euch tue. Und das, das werde ich tun, damit ich mich ein bisschen besser fühlen kann. Bitte, lass es mich tun, für euch. Es war nie etwas zwischen Noyan und mir!«

Yaren redete total wirr. Wovon sprach sie? Was wollte sie für uns tun? Und warum war sie auf einmal so voller Reue? War das etwa wieder ein böses Spielchen?

»Tuana? Tuana! Bitte, sag doch etwas!«

Dann hörte ich nur noch ein Murmeln. Es klopfte und knackte. Ich hörte Schritte.

»Tuana? Bist du noch da, hast du alles gehört, was Yaren gesagt hat?«

»Noyan«, flüsterte ich. »Noyan!«

»Hast du sie verstanden, Tuana? Ich habe sie ganz schön … ach, das ist jetzt egal. Jedenfalls müssen wir uns sehen, und dann, dann zeige ich dir …«

»Was ist los, Noyan?« Ich versuchte zu verstehen, zu verknüpfen. Ich strengte mich wirklich an. Noyan hatte etwas mit Yaren gemacht, sie fertiggemacht? Sie wollte es wiedergutmachen? Sie konnte es nicht erklären, warum sie so schlimme Sachen angestellt hatte?

»Du gehst nicht ans Telefon, wenn Yaren anruft, also habe ich ihr mein Handy gegeben. Ich wollte, dass sie dir das sagt.«

»Was sagt?«, fragte ich.

»Hast du *Yakamoz* bekommen?« Noyan machte jetzt wirklich langsam, ging behutsam vor.

»Ja, danke. Es ist unglaublich schön!«

»Gut«, sagte er. »Dann gib uns bitte eine Chance und lass mich versuchen, dir alles zu zeigen. Weißt du noch? *Etwas, woran ich immer denken muss, wenn ich in deine Augen sehe … Dann wirst du erkennen, was du mir bedeutest …!*«

»Ja, das weiß ich noch«, bestätigte ich. »Dein Geheimnis.«

»Wir müssen es versuchen. Ich weiß auch nicht, ob es klappt. Eigentlich wäre es ein Wunder, aber lass es uns trotzdem versuchen, ja?«

»Okay, Noyan«, sagte ich. Aber ich wusste gar nicht, zu was ich da zustimmte.

»Es geht nur nachts, weißt du? Und deswegen müssen wir uns von Yaren helfen lassen. Damit du morgen bei mir sein kannst.«

Von Yaren helfen lassen! Ausgerechnet von ihr, dachte ich. Sollte so etwas scheinbar Wichtiges auch noch von ihr abhängig sein?

»Wie denn helfen lassen?«, fragte ich skeptisch.

»Sie muss dich decken, so tun, als ob du bei ihr schläfst. Wie genau, das müssen wir noch besprechen.«

»Und sie will das für uns machen?« Ich hatte Zweifel. Was, wenn sie doch nur so tat, als ob?

»Ja, ich bin mir ganz sicher«, sagte Noyan. »Ich glaube, sie wird sich nie mehr trauen, dich oder uns anzulügen.«

»Gut, Noyan«, sagte ich. »Wenn du dir so sicher bist.«

»Ich sage ihr gleich, dass sie dich anrufen soll, damit ihr alles besprechen könnt.«

Das war ja okay, aber ich verstand die Eile nicht. Noyan

meinte, das hinge mit dem Mond zusammen. Das, was er vorhatte, funktionierte nur nachts, aber es musste eine mondlose Nacht sein. Und das war wohl am nächsten Tag.

Es waren kaum zehn Minuten vergangen, da rief Yaren mich wieder an. Diesmal mit ihrem eigenen Handy.

»Tuana«, sagte sie. »Ich hoffe, ich kann es irgendwann erklären. Ich habe mich selbst nicht mehr gekannt, aber ich konnte nichts dagegen tun. Ich hab dich so lieb, das darfst du nie vergessen.«

»Hm.« Mehr brachte ich nicht heraus.

»Seit unserer Kindheit, Tuana, hast du immer Glück, du hast alles. Deine Eltern lieben dich, dein Vater …«

»Was soll das werden?«, wand ich ein. »Deine Eltern lieben dich doch auch!«

»Ach«, sagte Yaren abwinkend. »Es gibt keine wirkliche Liebe, ich glaube nicht daran.«

»Was soll das denn heißen?« Ich versuchte, ruhig zu bleiben. »Weil du nicht daran glauben kannst, wolltest du mein Glück zerstören?«

»Tuana, bitte, ich brauche Zeit, um das zu erklären. Lass uns lieber planen, wie wir das morgen machen, ja?«

Yakamoz

Noyan holte mich in Kadıköy am Fährhafen nach Eminönü ab. An jenem Nachmittag hatten wir etwas mehr Gepäck als üblich dabei. Noyan hatte seine Gitarre mitgebracht und konnte deren Tasche wie einen Rucksack auf dem Rücken tragen. Ich hatte auch einen Rucksack dabei und war aufgeregt und neugierig.

»Tuana!« Noyan küsste mich, wir umarmten uns, aber ich spürte eine kleine Distanz zwischen uns. Wir hatten uns nach der intensiven, schönen Zeit davor einen ganzen Tag nicht gesehen. Außerdem hatten wir uns im Streit getrennt, und es hatte lange gedauert, alles zu klären.

Wir gingen Hand in Hand am Ufer entlang, zum Viertel Moda hoch. Der Weg dorthin folgte offensichtlich nicht durchgängig dem Wasser, also bogen wir in Seitenstraßen ab, liefen durch enge Gassen und überquerten größere Straßen. Noyan trug seinen neuen Duft, und immer wenn dieser zu mir rüberwehte, musste ich Noyan ansehen und ihn anlächeln.

»Meine Oma war richtig glücklich, als ich ihr gesagt habe, dass ich den Abend mit Yaren verbringen werde«, sagte ich. Das Thema beschäftigte mich schon ein wenig. Keinesfalls wollte ich, dass unser Plan aufflog. Noyan sah mich fragend an. »Sie denkt, dass es an unserem Gespräch in Fenerbahçe gestern lag«, klärte ich ihn auf. »Babaanne hat mich beschworen, wieder Kontakt mit Yaren aufzunehmen.«

»Und was hast du gesagt?«

»Ich habe vehement abgelehnt!« Ich musste lachen. »Das ist es ja ... und heute kam der plötzliche Sinneswandel. Sie muss auch denken, dass wir nicht ganz dicht sind.« Ich führte dabei meine Hand vors Gesicht, und direkt davor wischte ich damit hin und her. Noyan verstand meine Geste nicht und musste lachen, weil das für ihn lustig aussah. »Gestern noch voller Hass, und heute gehen wir gemeinsam aus und übernachten dann bei ihrer Freundin in Büyükçekmece.«

Das war unser Plan. Yaren würde tatsächlich bei dieser Freundin übernachten. Das war okay, denn Büyükçekmece war sehr weit weg. Die beiden hatten kurzerhand eine Irgendwas-Party erfunden, und Yaren hatte so getan, als würde sie mich dorthin mitnehmen.

Meiner Oma machten wir weis, dass das ihr Versöhnungsangebot an mich war.

»Mach dir keine Sorgen, aşkım«, sagte Noyan. »Es wird alles gut gehen.«

Das Viertel hatte ein ganz eigenes Flair. Wir kamen an alten Holzvillen, Kinos und Theatern, an alten Schulgebäuden, Kirchen und Moscheen vorbei. Als wir in Moda das Meer erblickten, hatten wir zwei Möglichkeiten. Entweder wir blieben oben auf der Promenade, wo sich auf der einen Seite Villen neben ganz normalen Mehrfamilienhäusern aneinanderreihten und sich auf der anderen, der Meerseite, ein Teegarten neben dem anderen, Klubs und Fischrestaurants befanden. Man konnte aber auch über steile Treppen hinunter ans Ufer gelangen, dorthin, wo es Parkanlagen, Teegärten, Spielplätze und Bootsverleihe gab.

»Bevor wir uns setzen, möchte ich dich das beste Eis weit und breit probieren lassen«, sagte Noyan und zog mich an der Hand in eine unscheinbare Eisdiele, die Ali Usta hieß. Davor hatte sich eine lange Schlange gebildet. Ich wurde sofort neugierig, weil ich Eis sehr liebte. Zum Glück hatte ich heute meine Laktase-Tabletten dabei. Wir entschieden uns zu warten, obwohl wir bestimmt eine knappe halbe Stunde anstehen mussten. Als ich zum ersten Mal das selbst gemachte Eis probierte, wusste ich, es hatte sich gelohnt. Es wurde in eine Schokosoße und dann in gehobelte Pistazien oder Haselnüsse getunkt. Noyan hatte Pistazien, ich Haselnüsse gewählt. Und auch weil unsere Eisauswahl unterschiedlich war, probierten wir uns gegenseitig bei dem anderen durch. Dauernd schleckte er mein Eis oder ich seins, und wir reichten die Waffeln hin und her.

Mit dem Eis in der Hand liefen wir ein Stück weiter und setzten uns ins Bomonti Çaybahçesi oberhalb des Ufers. Dieser Teegarten hatte etwas von einem Open-Air-Studentencafé, denn es gab auch einen geschlossenen Bereich mit Billardtischen. Im Freiluftbereich war die Aussicht auf das Meer atemberaubend. Wir setzten uns an die Randplätze, sodass unsere Sicht nicht gestört wurde. Noyan zog seinen Stuhl hinter mich und umschlang mich von hinten ganz fest.

»Ich habe dich vermisst, Tuana. Der Tag ohne dich gestern war eine Qual für mich.«

Ich lehnte meinen Kopf rückwärts an seine Brust und schloss die Augen. Die Sonne wurde unter meinen Lidern zu einem dunkelroten Feuerball.

»Für mich auch, Noyan«, sagte ich. Dann hob ich wieder meinen Kopf, drehte mich um und sah Noyan in die Augen. »Noyan, es tut mir leid, dass ich ... dass ich dir nicht vertraut habe, dich nicht angehört habe.«

»Ach, Tuana! Es ist okay. Vergessen wir es einfach.«

Die kleine Distanz zwischen uns hatte sich aufgelöst, und es fühlte sich wieder genauso an wie an den Tagen zuvor. Ich fühlte mich ihm sogar noch viel näher.

»Weißt du was?«, sagte Noyan. »Es wird Zeit!«

»Wofür?«, fragte ich.

Noyan deutete nach unten.

»Okay«, sagte ich mit einem Fragezeichen im Kopf und folgte ihm.

Wir kauften uns im Bomonti getoastete Sandwiches mit Käse und Wurst und je einen Ayran. Diesmal ließ Noyan tatsächlich mich bezahlen, aber ich spürte, dass es ihm schwerfiel. Wir nahmen unsere Taschen auf den Rücken und gingen Stufe für Stufe und Hand in Hand die steilen und engen Treppen hinunter. Noyan hatte mich gebeten, eine Decke mitzunehmen. Jetzt wusste ich auch, wofür. Die Decke packte ich aus, und wir breiteten sie auf der Wiese am Ufer aus. Das war so gemütlich und so traumhaft schön.

Picknicken mit einem Ausblick auf das weite Meer! Wir genossen unsere Toasts und den Ayran und legten uns entspannt auf die Decke.

Obwohl es heiß war, erreichte uns immer wieder eine erfrischende Brise. Das Meeresrauschen entspannte mich, ich fühlte Glück, und ein tiefes friedliches Gefühl stieg in mir auf.

»Tuana, du bist so schön«, sagte Noyan auf einmal, und als ich ihn ansah, merkte ich, dass er mich wohl schon wieder länger beobachtet hatte.

»Danke, Noyan!«

»Und ich habe es dir ja schon gesagt, deine Augen liebe ich ganz besonders.«

Ich lächelte verlegen.

»Ja«, sagte Noyan. »Und deswegen habe ich ein Lied für dich geschrieben.«

Mein Mund klappte auseinander. »Ein Lied? Für mich?« Ich war fassungslos.

Noyan packte seine Gitarre aus. Sie war schwarz lackiert und funkelte im Sonnenlicht. Mein Herz arbeitete auf Hochtouren. Mein Noyan hatte ein Lied für mich gemacht!

Er stimmte das Musikinstrument erst einmal ein paar Minuten lang.

»Ich habe erst gestern Nacht die neue Saite eingespannt«, entschuldigte er sich. Aber das störte mich überhaupt nicht, ich war nur neugierig und voller Erwartung. Ich setzte mich ganz gerade hin und wartete geduldig. Langsam begannen seine Finger die Saiten zu streifen. Nicht nur der Ton seiner Gitarre begeisterte mich, auch seine Stimme. Ich war verzaubert. Was war das für eine coole Melodie? Langsam, romantisch, orientalisch, rockig klang es. Und das Lied war eine richtige Ballade. Er hatte es für mich geschrieben und für meine Augen. Dieses Mal flossen meine Tränen nicht aus Wut oder Trauer, diesmal war es pures Glück!

Als das Lied zu Ende war, klatschte ich. »Bravoooo!«

Ich ging vom Schneidersitz auf die Knie, beugte mich zu Noyan vor und berührte seine Lippen ganz zart. »Danke, danke, Noyan!«, flüsterte ich. Dann küsste ich ihn, so wie ich ihn noch nie geküsst hatte. Noyan legte langsam die Gitarre beiseite, und wir umarmten uns, ohne die Lippen voneinander zu lösen.

Es vergingen bestimmt mehrere Stunden, während wir aneinandergekuschelt auf der Wiese lagen und uns küssten. Als ich die Augen öffnete, dämmerte es schon, und von der Ferne ertönten die Rufe der Muezzins. »Komm«, sagte Noyan. »Wir müssen uns beeilen.«

Ich wusste nicht, was jetzt kommen würde, aber ich vermutete, dass es das war, was Noyan mir so gerne zeigen wollte. Schnell packten wir unsere Sachen zusammen und gingen hinüber ans Meer. Wir liefen ein Stück am Ufer entlang, um den Bootsverleih zu erreichen. Noyan ging auf den Mann zu und redete eine Weile auf ihn ein, damit er uns ein Ruderboot vermietete. Ich glaube, er fand uns zu jung und die Uhrzeit zu spät.

»Wir fahren jetzt aufs Meer?«, fragte ich Noyan erschrocken.

»Hast du Angst?«, fragte er zurück.

Ich schüttelte den Kopf. »Nein!«

Aber das stimmte nicht ganz. Erstens würden wir jetzt in der Dämmerung allein aufs Meer hinausfahren. Zweitens wusste ich gar nicht, wie man ruderte, und eine gute Schwimmerin war ich auch nicht. Ich malte mir aus, dass wir im Dunkeln auf dem tiefschwarzen Meer umhertreiben würden und gar nicht mehr zurückkommen konnten.

Noyan schien mir meine Angst anzusehen. »Tuana, ich bin ein erfahrener Ruderer und ein guter Schwimmer, und tauchen kann ich auch. Ich habe so etwas schon oft gemacht. Ich bin schließlich am Meer aufgewachsen! Und du weißt, ich will Biologie studieren und habe schon an verschiedenen Meeresprojekten teilgenommen.«

Je mehr Noyan aufzählte, umso mehr beruhigte ich mich. Aber nicht ganz, nicht hundertprozentig.

»Und bist du auch Rettungsschwimmer?«, fragte ich.

Daraufhin konnte Noyan sich nicht mehr einkriegen. »Ich liebe deinen Humor!«, rief er.

Das Einsteigen war eine sehr wacklige Angelegenheit, und meine Unerfahrenheit war auch nicht gerade hilfreich. Aber sowohl der Bootsverleiher als auch Noyan halfen mir. Schließlich reichte der Mann uns unser Gepäck auf das Boot.

»Wird er auf uns warten?«, fragte ich Noyan leise, während ich versuchte, einen einigermaßen festen Sitz zu finden. Der Mann hatte wohl meine Frage gehört und antwortete mir direkt.

»Ich bleibe hier, ganz sicher!«

Im Boot befanden sich auch Rettungswesten. Der Bootsverleiher bestand darauf, dass wir sie anlegten, dann erst zog er sich zurück. Das beruhigte mich am meisten.

Und dann – dann ging es los.

»Hadi bakalım«, sagte Noyan. »Hoffentlich klappt es!«

Ich hatte immer noch keine Ahnung, was passieren würde oder könnte. Es gab ja immer noch die größere Wahrscheinlichkeit, dass gar nichts passierte.

Noyan ruderte los. Ich musste zum Glück nichts tun, außer mich festzuhalten und zu schauen. Ich hielt mich rechts und links am Bootsrand fest und starrte auf Noyan. Es wurde immer dunkler und seine Umrisse immer schwächer. Er hatte inzwischen angefangen, gleichmäßig zu rudern. Ich drehte mich um, wie viele Meter das waren, konnte ich nicht sagen, aber wir waren schon ein ganzes Stück hinausgefahren. Es dauerte nicht lange, da wurde es dunkel. Das Meer war sowieso schon pechschwarz. Nur oben am Himmel leuchteten die Sterne und an der Küste die Lichter der Häuser und Straßen. Heute gab es tatsächlich keinen Mond.

Auf einmal hörte Noyan auf zu rudern, und zur Dunkelheit gesellte sich Stille. Jetzt hatte ich keine Gewissheit mehr, dass Noyan noch da war. Zumindest die Rudergeräusche hatten mir zuvor bewiesen, dass er es war.

»Noyan?«, flüsterte ich.

»Ja?«

»Nichts.«

»Warum flüsterst du?«, flüsterte Noyan.

»Weiß nicht … Ich dachte, ich müsste. Vielleicht willst

du fischen, und wir dürfen die Fische nicht verscheuchen, keine Ahnung.«

Noyan lachte. »Du kannst normal reden … Aber hab noch ein bisschen Geduld!«

»Worauf warten wir denn?«

»Hm«, sagte Noyan. »Hier ist nichts. Wir müssen noch ein Stück rausfahren.«

Noyan fasste offensichtlich nach den Rudern. Ich hörte das Holz gegen den Rumpf des Bootes klopfen. Er machte seine erste Ruderbewegung, und auf einmal passierte es.

Noyan rief »Ja!« und begann wie wild zu paddeln. »Da ist es! Da ist es wirklich!«

Und plötzlich war es, als ginge im Wasser ein kleines Feuerwerk los. Das war unglaublich! Überall um das Boot herum und dort, wo die Ruder auf das Wasser trafen, funkelte es aus dem Meer heraus. Es war ein unwirkliches Licht, wie aus einer anderen Welt. Ein weiß-blaues Strahlen. Ich dachte, gleich tauchen Meerjungfrauen auf. Es war wie in einem Film. Aber das war kein Trick. Das war echt. Noyan streckte seine Hand in das Wasser, wirbelte es auf und warf es in die Luft. Ein Funkenschauer regnete auf uns herab. »Juhu!« Ich schrie vor Glück. »Noyan, was ist das? Kann ich auch mal?« Ich war ganz außer mir, es geschah gerade ein Wunder. Noyan und ich waren mittendrin. Durfte ich glauben, was ich da sah?

»Yakamoz!«, rief Noyan. Auch er war voller Begeisterung. »Das ist *yakamoz*!« Noyan ruderte noch ein Stück weiter. »Halte deine Hand ins Wasser! Das ist toll!«

Langsam rutschte ich an den Bootsrand und ließ vorsichtig meine Finger in das Wasser eintauchen. Ein, zwei Lichter blitzten auf. Ich bewegte meine Finger, und das Licht wurde heller. Es klappte auch bei mir. Das war unbeschreiblich schön. Ich schäumte das Wasser auf und sah zu Noyan. »Komm, lass uns noch mehr Licht zaubern«, sagte ich. »Dann können wir uns sehen.«

»Okay!« Noyan formte ein leuchtendes Herz in das Wasser. »Aber das ist kein Zauber, das sind Trillionen von Einzellern, Plankton!«

»Egal, was es ist! Es ist ein Wunder!«, jubelte ich. »Du hattest recht!«

Später erfuhr ich, dass man das Phänomen Biolumineszenz nannte. Und ich hatte nicht gewusst, dass Biologie so zauberhaft sein konnte.

»Wenn sie irgendetwas berühren, auf Widerstand stoßen oder gestört werden, leuchten sie für Sekunden auf.«

Und genau so war es. Etwas weiter auf dem Meer mussten wir nämlich gar nichts tun. Hier gab es wohl mehr von den Einzellern. Hier kam das Licht mit den Wellen.

»Das sind Leuchtperlen!«, jauchzte ich. »Das ... das ist das Schönste, was ich je gesehen habe, Noyan, danke!« Noyan lachte. »Und als ich dich und das Funkeln in deinen Augen zum ersten Mal sah, dachte ich das auch über dich!«

LESEPROBE

Easy going – Sydney

Nach einem öden Vormittag mit meinen Zeitung lesenden Eltern treffe ich Hope am Nachmittag an der *Town Hall*. Wir steigen in den Bus, und zwei Stationen später kommt auch Judy dazu. Eine Dreiviertelstunde brauchen wir zum *Bondi Beach*, wo es aussieht wie auf einer Postkarte aus einem Traumurlaub. Honiggelber Sand, türkisblaues Wasser und zartweiß gekräuselte Schaumkronen. Okay, jetzt verstehe ich, warum das hier offenbar Kult ist. Man muss zwar ein Weilchen mit dem Bus fahren, aber dafür bekommt man auf einen Schlag Urlaub geboten.

Während wir über den irre heißen weichen Sand laufen und uns einen Weg durch die vielen Sonnenanbeter bahnen, erzählt Hope, dass *Bondi* ein Wort der Aborigines ist und »surf«, also Brandung, bedeutet. Das hat sich auch bei den Surfern herumgesprochen. Bei näherem Hinsehen tummeln sich auf den Schaumkronen diverse Jungs, Männer und auch einige Frauen auf Surfbrettern. Wellenreiten. Wenn man dem Kumpel meines Bruders Glauben schenkt, eins der tollsten Dinge überhaupt.

Hope winkt einer Gruppe von vier Leuten zu, die im Kreis auf bunten Handtüchern sitzen. Ich übe in Gedanken, wie ich am lässigsten »Hi« in die Runde rufen kann, oder doch besser ein »Howdy«? – da ist Hope mir aber auch schon zuvorgekommen.

»Hey – das ist Pia aus Deutschland. Ihr kennt sie aus der Schule. Sie war noch nie am *Bondi*!«

Acht Augenpaare sind plötzlich auf mich gerichtet. Hope und Judy stehen neben mir. Das ist jetzt mein Auftritt.

»Hi«, rufe ich, doch lässig ist was anderes. Eher heiser und verkrampft.

»Hey, Pia«, schallt es fast im Chor. Die beiden braun gebrannten Jungs sitzen dort mit nacktem und gut trainiertem Oberkörper. Einer der beiden spielt Gitarre; die zwei Mädels singen lauthals dazu. Hope rollt ihr Handtuch aus und gibt mir ein Zeichen, mich zu setzen. Wäre sie nicht gewesen, würde ich sicher immer noch dort stehen und die anderen anstarren.

Das Mädchen schräg gegenüber sieht mich fröhlich an. »Hi, ich bin Lilly. Wir sind zusammen im Kunstkurs! Wie findest du es denn in Sydney? Die Sonne ist ganz schön krass, oder?« Sie zeigt auf ihren verbrannten Nacken.

»Ja, das hab ich auch schon gemerkt.« Ich habe den Eindruck, dass mein Gesicht bereits glüht.

Ava, mit der ich auch einige Kurse teile, ist so schön, mit ihren langen blonden Haaren und den gleichmäßigsten Zähnen, die ich je gesehen habe. Ich muss sie die ganze Zeit ansehen. Sie scheint aber noch schüchterner zu sein als ich. Sie wirft dem Jungen mit der Gitarre schmachtende Blicke zu, doch wenn er zu ihr hinübersieht, guckt sie schnell weg. Plötzlich legt mir jemand eine Hand auf den Arm.

»Hey, Pia! Soll ich dir auch etwas zu trinken vom Kiosk mitbringen?« Daniel aus meinem Biologie-Kurs strahlt mich an. An meinem ersten Tag hatte die Lehrerin ein albernes Namensspiel gemacht, das aber immerhin bewirkt hat, dass ich nun alle Namen kenne.

»Gerne! Ich nehme eine Cola.«

»Cola?« So, wie er das sagt, klingt das wie Koala.

»Ich meine, Coke!« Peinlich. Den Fehler habe ich schon einmal gemacht, als ich mit meinen Eltern essen gegangen bin.

Nachdem Daniel für alle etwas zu trinken geholt und verteilt hat, klatscht er rhythmisch in die Hände.

Der Junge mit der Gitarre schlägt dazu die Akkorde von *Call Me Maybe* von Carly Rae Jepsen an. Das Lied liebe ich. Die Mädels stimmen mit ein, und auch ich singe in Gedanken an meine Musiknachmittage mit Vanessa drauflos. Nach und nach verstummen die anderen. Bis mir aufgefallen ist, was vor sich geht, bin nur noch ich es, die singt. Der Junge an der Gitarre grinst mir zu. Was ist denn jetzt los? Hope, Judy und Ava wippen mit dem Kopf im Takt und gucken mich an. Als ich fertig bin, brechen alle in Applaus aus.

Der Gitarrenspieler sieht mir anerkennend in die Augen, ein bisschen zu lange.

»Cool! Ich mag deine eigene Version des Liedes!« Dann stellt er sich mir mit Mike vor.

Hope legt ihren Arm um meine Schulter.

»Mann, wie genial war das denn? Ich hab 'ne Gänsehaut! Weißt du was? Am Montag nehme ich dich gleich mal zur Musical-AG mit. Die wird von Miss Anderson geleitet und heißt *The Vocals*. Wir üben einmal in der Woche. Zurzeit ist gerade mal wieder *Das Phantom der Oper* dran. Hast du in Deutschland auch schon gesungen? Wäre eine Verschwendung, wenn nicht!«

Mein Herz macht einen Sprung.

»Ja, ich war in der Musikschule, und da musste ich auch

mal vorsingen. Meinst du, die bei diesen *Vocals* nehmen mich einfach so auf?«

»Also, wenn die dich nicht nehmen, dann trete ich aus.« Hopes hellblaue Augen blitzen schelmisch.

In der Musikschule hatte ich nach meinem ersten Jahr Gesangsunterricht einen kleinen Auftritt; nach dem zweiten Jahr noch einen. Ich war immer so aufgeregt, dass ich bis kurz vorher daran dachte, einfach wegzulaufen, doch sobald ich die Bühne betreten hatte, war alles gut, und ich fühlte mich wie in einer anderen Welt.

Meine Mutter war nicht sonderlich begeistert. Sie hatte es auch mal mit Singen versucht und wohl ein unschönes Erlebnis gehabt. So genau hat sie mir das nie erzählt. Mehrmals wollte sie mich überzeugen, etwas anderes auszuprobieren, aber mir macht das Singen einfach zu viel Spaß. Vielleicht tritt diese Musicaltruppe ja auch mal auf? Puuh, verlockend und beängstigend zugleich.

Ich genieße meinen Sonnenstrandnachmittag immer mehr. Überhaupt fühle ich mich das erste Mal seit meiner Ankunft in Australien richtig gut. Das Tollste ist, dass mich alle verstehen! Und ich sie auch, jedenfalls das meiste. Mike lobt mich sogar für mein gutes Englisch. Vielleicht tut er das ja nur aus Höflichkeit, nett finde ich es trotzdem.

Schade, dass der Tag so schnell vergeht.

Auch meinen Eltern fällt auf, dass es mir besser geht. Ma freut sich, weist mich jedoch sofort darauf hin, dass man in Australien sehr mit der Sonne aufpassen muss und sich immer eincremen sollte. Wenn das ihre einzige Sorge ist …

Am späten Abend puckert meine Haut tatsächlich sonnenverbrannt, während ich wieder und wieder über den Tag nachdenke. Besonders über den Moment, in dem mich beim Singen alle angesehen haben.

Als ich am Montagnachmittag vor Miss Anderson stehe, ist von meinem Mut nichts mehr übrig.

Meine Kehle ist vor Aufregung staubtrocken. Ich darf mein Lieblingslied aus dem *Phantom der Oper* singen, doch mein *Whishing you were somehow here again* klingt mehr gekrächzt als gesungen. Dennoch ist Miss Anderson angetan.

»Ich freue mich, dich bei uns begrüßen zu dürfen! Mit dir haben wir eine prima Ergänzung zu unserer bestehenden Gruppe gefunden.«

Mir fällt ein Stein vom Herzen.

Noten werden herumgegeben, und Miss Anderson strahlt in die Runde.

»Bitte findet euch in Gruppen zusammen.«

Blitzschnell stehen lauter Zweiergrüppchen im Musikzimmer. Nur ein Junge an der anderen Seite des Raumes und ich bleiben übrig. Er kommt lässig zu mir rüber.

»Hey, auch neu, was? Ich bin Ryan. Und du?«

Interessant, wie der spricht. Anders als die Australier. Sein Name klingt wie *Roian*.

»Ich heiße Pia.«

Wir sehen uns eine Weile an, bis ich verlegen wegschaue. In seiner grünen Iris funkeln kleine gelbe Sternchen. So etwas habe ich noch nie gesehen. Er ist mindestens einen Kopf größer als ich. Seine dunkelblonden kurzen Haare stehen in alle Richtungen zu Berge. Bisher waren sämtliche Jungs, die ich kenne und die Haargel benutzen, arrogant.

Ryan und ich singen abwechselnd ein Aufwärmlied, das Miss Anderson selbst komponiert hat, wie sie immer wieder betont. Jedes Team, das erst einmal für sich allein übt, hat einen Teil des Liedes abbekommen, sodass wir im Chor und doch solo singen. Ryan hat eine angenehme Stimme, irgendwie rund.

Nach der Stunde erzählt mir Hope, dass er auch erst seit einem Vierteljahr in Australien lebt und in der Jahrgangsstufe über uns ist.

»Er ist mit seiner Familie aus Neuseeland hierhergezogen. Wenn ich in Neuseeland leben würde, würde es mich auch schleunigst nach Australien ziehen.«

Die Australier und Neuseeländer machen immer Scherze übereinander, das habe ich schon mitbekommen. »Das ist wie 'ne Hassliebe zwischen Bruder und Schwester«, hat Judy mir mit bedeutendem Blick erklärt.

Auf dem Weg zum Schulbus redet Hope ohne Pause über jeden Schüler, der unseren Weg kreuzt. Sie scheint alle zu kennen. Immer wieder kommt sie auch auf Ryan zu sprechen. Sie macht Scherze über seinen Akzent, aber wenn sie über ihn redet, wird ihre Stimme ganz weich. Ob sie auf ihn steht?

Ich muss unbedingt Vanessa anrufen und ihr erzählen, was hier so los ist.

Mein altes Leben kommt mir plötzlich ganz weit weg vor, und ich meine damit nicht nur die 16 500 Kilometer.

Meine Ma ist es, die mich nach dem Schultag aus meiner guten Laune reißt. Sobald ich unsere Wohnung betreten habe, merke ich, dass ihre Stimmung umgeschlagen ist. Von sehr gut auf sehr schlecht.

»Die haben mir gekündigt. Ich sitze schon den ganzen Tag hier und langweile mich.«

Du meine Güte. Das kann ja noch heiter werden heute.

Alles easy going? Eigentlich ist Australien doch nicht so übel, wie Pia anfangs dachte. Sie verbringt tolle Abende mit ihren neuen Freunden am Bondi Beach und darf in der Musical-AG ihrer Schule mitmachen, wo sie sich in Ryan verliebt. Eines Tages findet ein Musical-Casting statt, und Pia ergreift die Chance und nimmt daran teil. An ihrem 16. Geburtstag klingelt ihr Handy – ob sich Pias größter Traum erfüllt?

Viel Spaß beim Lesen von »Easy going – Sydney«!